ななしの皇女と冷酷皇帝
～虐げられた幼女、今世では龍ともふもふに溺愛されています～
藍上イオタ illust. 漣ミサ

「ザリザリしてる」
アレ
名づけられず
“アレ”と呼ばれている
ループ３度目の幼女

「俺の名前はリュウホ」
リュウホ
ナンラン国の炎虎

「わぁぁ……！
すごい！」

「お前が思っている以上に世界は明るい」
金龍
皇族を守る
聖獣だとされる
伝説の生き物

「はい、リュウホはここね」
「は？」

「え？」
キリル・シン・レイ
アレの兄
ジンロン帝国の皇太子

「誰か！
誰でもいいから！
リーナを助けて!!」

ななしの皇女と冷酷皇帝

～虐げられた幼女、今世では龍ともふもふに溺愛されています～

藍上イオタ　*illust.* 漣ミサ

目次

ななしの皇女はループする

女官長ミオンは目前の幼女の姿を見て眉をひそめた。事前の話では、幼女はユール国のワンピースで着飾っているはずだった。しかし、寝間着姿だったからである。

出鼻をくじかれたミオンは、テーブルに座っている宮女《きゅうじょ》のひとりを睨《にら》みつけた。ミオンに情報を流してきた宮女だ。幼女の情報をミオンに伝える代わりに、ミオンの侍女にしてほしいと申し出た宮女だった。宮女はミオンの冷たい視線にビクリと肩を震わせる。

しかたがないわね。責め方を変えましょう。それにしても使えない宮女ね。

ミオンは宮女から視線を逸《そ》らし、テーブルに向けた。そして、並べられた手作りのケーキを見て、呆れたようにため息をついた。ケーキはこの国では珍しい物だ。三年前に亡くなった皇后《こうごう》が嫁いできたときに持ち込んだ他国の食べ物だった。

こっちを問題にすれば良いわ。

「皇后陛下が亡くなられて三年は喪中とし、喪に服すことが定められております。それなのに、お祝いをしている不届き者がいると噂《うわさ》を聞いて、信じられずに確かめに参りましたのよ？　まさか本当にこんなケーキなど……残念ですわ」

ミオンはいつもと違いふたりの騎士を連れていた。彼らもテーブルの上を見た。そして、一緒にテーブルに着く乳母や宮女たちの顔を確認した。

　ミオンはあくまでも優しげな話し方をする。彼女は、現皇帝が皇帝の座を奪う前からの忠臣で、皇后がいない今、後宮の責任者であった。

　誰もがミオンを信じており、まさか幼女を虐待しているとは思っていなかった。

　烏《からす》の濡《ぬ》れ羽色の長く豊かな髪をパサリと払い、女官長のミオンは、さもガッカリしたように薄紅色の髪の幼女を見た。

　幼女は気が立っていた。しかし、悟られないように俯《うつむ》く。

　さっきループしたばっかりだって言うのに、もう、ミオンに会わなくちゃいけないの⁉　しかも、信じていた人に騙《だま》されていたことに気がついて、今さっき死んだところだったのに！　嘆く暇さえないなんて！

　フツフツと怒りが湧いてくる。

　これも全部、ミオンのせいだったんだから！　いつもは侍女しか連れてないくせに、今日に限って騎士を連れてくるとか、三歳児に向かって言いがかりつける気満々じゃない。この頃から私のこと嵌《は》めようとしてたのね。

　もう頭にきた！　我慢しても死ぬ運命なら、もう顔色なんて窺《うかが》わない。

　幼女はそう心に決めた。

　幼女はこれが三度目のループ、四度目の人生なのだ。見た目は三歳児でも中身は大人だった。

彼女は空色の目をオズオズと上げた。潤んだ瞳の奥で、虹色の光彩が光っている。

　食らえ！　酒場のミンミンちゃん直伝《じきでん》『あざと可愛い幼女の泣き出しそうな顔ビーム‼』

一度目のループの世界で世話になっていた酒場の娘ミンミンを思い出す。初めて出会ったのはミンミンが三歳くらいの頃で、すでに酒場の娘は店のアイドルだった。どんな荒くれ者でもミンミンには勝てなくて、誰もが鼻を伸ばし、可愛いがり、言いなりになった。抱っこも肩車も馬でさえも、誰もが求められるままに喜んで応じた。

それに比べて、私は無表情で可愛げがない子どもだったから、可愛がられなかったんだ。今度は、ミンミンをお手本にして、私が同情を引いてやる！

幼女はそう思ったのだ。

ふっくらとした桃色のホッペ。空色の瞳は涙と一緒に零《こぼ》れ落ちそうだ。フワフワの薄紅色の髪は綿菓子のように儚《はかな》く、粗末《そまつ》な白い服装からは痩せ細った手足が見えていた。

困ったように幼女は小首をかしげ、泣き出しそうな顔をミオンとその後ろに立っていた騎士に向けた。

ミオンは、思わず怯《ひる》む。

この子、こんな顔をしたかしら？　なにを言っても、抓《つね》っても、いつも無表情で気に食わないと思っていたのに。

幼女の泣きそうな顔は、ミオンの後ろにいた騎士たちのハートにクリティカルヒットした。茶色い髪の騎士は「はぅ」と息をつき心臓を押さえている。もうひとりの灰色をした髪の騎士はまだ少し冷静だった。それでも気の毒そうな顔を幼女に向けている。

幼女は自分の乳母マルファに目を向けた。

「姫様……」

マルファは、幼女の今にも涙が零れそうな瞳を見て我に返った。

「喪中だなんて！　三年の喪は昨日明けたのではありませんか？　私はそう聞いて」

マルファは慌てて答えた。

「ここ帝都では、葬儀が終わった日を基準にして喪に服すのです。三年の喪が明けるのは一週間後になりますわ。常識を知らなかったと言われても……。皇帝陛下がどう判断されるかまでは……。私も誤解なきようお伝えするつもりですわ」

ミオンは心配するようにため息をついた。彼女は優しげに振る舞うのが上手い。今も、まるで不敬を働いた者たちを気遣っているかのようだ。

「でも、『アレ様』がケーキを食べていた事実はお伝えしなければなりませんね……」

残念そうに、哀れむような目で幼女を見た。

幼女には名前がなかった。親が名前を付けなかったからだ。便宜《べんぎ》上『アレ』と呼ばれていた。そのことを幼女に告げたのも、目の前にいるミオンである。「親にとって邪魔だから、名前も付けられなかった。だからお前は『アレ』なのよ」とミオンは幼女に言い聞かせ、虐待していたのだ。

そのため幼女は、自分自身を『アレ』だと思っていた。名を問われれば『アレ』だと答え、周囲に怪訝《けげん》な顔をされても、なぜそんな顔をされるのか理解できなかった。自分の通り名が、『これ』でも『それ』でもなく、一番遠い存在を指す『アレ』であることを知りつつも、ほかの名前を名乗るという考えは思い浮かばなかった。幼い頃の虐待が自発的な思考を阻《はば》んでいたのである。

「ケーキを用意したのは私です。姫様には関係がありません！」

マルファが必死に幼女を庇《かば》う。その答えを聞いて、アレは気がついた。今ここで幼女に仕えてくれる人たちは、ループ前もループ後も、だれひとり幼女を『アレ』と呼ばなかった。この頃は貧しくはあっても、愛されていたのだ。

　でも、このままじゃ、優しかった人たちまで不幸になっちゃう。私が五歳になったとき名前をもらえなければ、マルファは死刑、そのほかの人たちはほぼ解雇だわ。まずはミオンに疑いの目を向けさせないと！

　ミオンの言葉にショックを受けたような顔をして、幼女は持っていたケーキを落とした。

「……アレ……」

　アレと呼ばれた幼女は、空色の大きな瞳にウルウルと雫《しずく》を盛り上がらせた。

　えーっと、普通は両親のことをなんて呼ぶの？　ミンミンはパパ・ママって呼んでいたけど。

　アレは一瞬悩んだ。自身の両親を呼んだことはなく、周囲は皇帝陛下と皇后陛下と呼んだ。しかし、子どもが自分の両親をそう呼ぶのはおかしい気もした。

　わかんないから、ここはミンミン方式で！

「……ママのことしりたかったの、ママのすきなものたべたかっただけ……」

　ミオンの後ろにいた騎士たちが、不憫《ふびん》そうにアレを見た。ミオンも一瞬、動揺した。しかし、ミオンはすぐに気持ちを切り替えた。

「そんなに皇后陛下が恋しいのですか？」

ミオンが優しげに聞く。

「ならば、皇后陛下のおそばにいきましょうか？」

ミオンの声にアレは顔を上げた。遠回しに殺すと言っているのだ。

だったら、それを利用してやるわ！　食らえミンミンちゃん直伝『純粋な喜び』！

「はい‼」

アレは嬉しそうにコクリと頷《うなず》いてみせた。

その瞬間、ミオンの後ろにいたふたりの騎士が、アレとミオンの間に割って入った。言葉の裏の意味を感じ取ったのだ。

「さすがに職権乱用です。女官長殿」

茶色い髪の騎士は毅然《きぜん》とした態度でミオンをただした。ミオンは小さく笑う。

「冗談です。どうせ、アレには意味などわからないでしょう？」

馬鹿にした目でアレを見た。

今までは虐待が怖くてなにも言えなかった。なにをされても笑って我慢するしかなかった。でも、我慢したところでなにも変わらなかった。感情と表情を失っただけだった。だから、もう我慢なんてしない‼

アレは、ケーキ汚れがついたままの姿で騎士を見た。

「あなたがころす？」

アレの言葉にふたりの騎士はたじろいだ。三歳の子どもの言葉とは思えなかったのである。

「……ママころした、ばつなの。ママのとこいって、ごめんなさいするの」

涙をためた瞳で笑う幼子に、周囲の大人たちは涙ぐんだ。

ちょっとあざとすぎたかしら？　でもミンミンならこれくらいしたわ！

アレは内心思う。

マルファはアレに駆け寄って、抱きしめた。

「姫様のせいではありません！　皇后様は命を懸《か》けて姫様をお残しになったのです。姫様が皇后様のもとへ逝《い》かれたらきっと悲しみます。そんな嘘を誰が言ったのですか！」

アレは潤《うる》んだ瞳のままミオンを見た。

「うそじゃないもん。にょかんちょうたまがいったもん。ほんとうよ。わたしはわるいこなの」

実際にアレはそう言い聞かされて、ずっと自分が悪いと思って生きてきたのだ。低すぎる自己肯定感をたしなめてくれたのが下町の酒場の人たちだった。

騎士や宮女たちが疑うようにミオンを見た。

ミオンは言葉を失った。自分に向かってアレがなにか言うことなど今まではなかったからだ。なにを言ってもただ笑って、それ以上の虐待から逃れようとした。

それなのに、今日に限ってなんなの？

「なにかの誤解だわ？　子どもだし思い違いか聞き違いでしょう。私はただ皇后陛下のお墓参りへお連れしようと思っただけよ」

「ほんとうに？　つれてってくれるの？」

食らえ‼　ミンミン直伝『喜びスペシャル‼』

アレはミオンにわざと期待のまなざしを向けた。そんなことはできないと知っていて聞いたのだ。アレは皇帝から疎《うと》まれている。皇后の死の原因はアレにあると皇帝は思い込んでいる。そんな者を皇后の墓へ連れていくなど、言い出せるはずもないのだ。

ミオンはたじろいだ。

「っええ、皇帝陛下に相談させていただきましょうね？」

ミオンはあくまで優しく答えた。

「ありがとうございます。おねがいします。にょ、にょかんちょうしゃま」

アレはマルファの腕から出て、床につくばい額を土につけた。噛んだのはわざとではない。

ミオンとともにやってきた騎士たちがギョッとした顔でミオンを見る。三歳の幼女が土下座をしたのだ。

「アレさま、そんなことなさっては」

ミオンが慌てて、アレを抱き起こす。ミオンはイライラとしていた。まったく予定どおりにいかない。

予定ではここで誕生祝いをしていたアレの様子を騎士たちに見せつけ、アレたちは不敬だという噂を立てさせるはずだった。しかしこのままでは逆に自分の立場が危うくなる。そのイライラをぶつけるように、アレの背中を強く抓った。

「いたぁい‼」

アレは大きく声を上げた。

「あら、虫を潰《つぶ》すのに力が入ってしまったようね」

ミオンは平静を装って微笑《ほほえ》みかけた。目で「黙れ」と睨みつける。

アレの中にいる「悪い虫を殺すため」抓るのだと、ミオンは以前から言い聞かせていたのだ。

アレもループ以前はそれを信じていた。そうして、アレにいつも同じ言葉を言わせてきた。

アレは涙目で笑って、いつもどおりの言葉を答えた。

「ありがとうございます」

ミオンは満足げに笑った。痛みのせいで、いつもどおりのアレに戻ったと思ったのだ。

しかし、今日はいつもと違い、アレは上着をまくり上げ、抓られた場所をマルファに見せた。

「にょかんちょうしゃま、やさしいから、いつもこうしてむしをころしてくれるんです」

抓った痕が、幼児の背中の柔らかい場所に赤く残っている。その痛々しい様子に、騎士たちも驚きミオンを見た。

「あら、間に合わなかったようで、悪い虫に刺されてしまいましたわね。役に立てず申し訳ございません。すぐに薬を届けさせます」

ミオンは何事もなかったように薄く笑って土蔵《どぞう》から出ていった。

「母を偲《しの》んでケーキを食べていただけでは不敬とはいえないのではないでしょうか。どうやら乳母の手作りのようですし」

灰髪の騎士がミオンに尋ねた。ミオンはニッコリと微笑んで頷く。

「嘘の情報で謀《たばか》ろうとした宮女を処罰したほうが良いわね？　アレ様になにかあっては遅すぎます」

内心は計画どおりにならず忌々《いまいま》しく思っていたが顔には出さず、まるでアレを思いやってのことのようにミオンは答えた。

ふたりの騎士は安心したかのように頷いた。

「女官長殿、皇后陛下のお墓参りについて陛下に進言されるのですか？」

茶色い髪の騎士が尋ねる。ミオンは優しさに溢《あふ》れる笑顔を貼りつけて騎士を見た。

「……そうね、あなたがなさい」

その笑顔とはかけ離れたゾッとするほどの冷たい声に、騎士の背中には冷や汗が流れた。

◇◇◇

アレがループをしたのはミオンと対峙《たいじ》する少し前だった。

また戻ってきてしまった……。

豪華とはいえない寝台の中で、幼女は目を覚ました。

小さな窓から鶯《うぐいす》の歌が聞こえてくる。懐かしい匂い。手触り。ここはジンロン帝国皇帝の城、紫微城《しびじょう》の北に位置する捨てられた庭『北斗苑《ほくとえん》』の端にある土蔵だ。もともとは気の触れた皇女が閉じ込められていたといういわく付きの建物である。

幼女の薄紅色の髪は、綿菓子のようにフワフワとして、盛大な寝癖がついている。

子どもらしくない諦念《ていねん》を感じさせる瞳は空色で、光彩が虹色に輝いている。この珍しい虹色の光は皇帝の血を引く証《あか》しであった。それなのに、麻でできた生成《きな》りの上着に、同素材のズボンという寝間着姿だ。今では平民すら着ることがない粗末なものだ。

幼女の名は……まだない。

彼女が生まれたとき、彼女の父ジンロン帝国皇帝フェイロンは、蔑《さげす》むような憎むような、到底娘に向けたとは思えない表情で彼女を見、吐き捨てた。

「アレは処分する」

彼は愛する皇后の命を奪って生まれてきた子を許しがたく思ったのだ。しかし、皇后の側近であり、皇太子の乳母であった侍女マルファが、ひれ伏し助命を懇願しことなきを得た。

「ただし生かすだけだ。次に見たら殺す。それ以上を望むな」

彼はそう言い、娘の名を問われれば憎々しげに「アレはアレでよい」と答えた。名前を与えなかったのだ。そのため彼女は周囲から『アレ』と呼ばれ、彼女自身も自分は『アレ』だと名乗っていた。

アレは寝台の中で小さくため息をついた。

右の手のひらを見る。白くアーモンド型の痣《あざ》が三つある。中心から放射線状に並び、花のような形を作っている。あまりにも薄いのでアレ以外気づきそうもなかった。

これはやっぱり三回目のループという意味よね。

死んだ魚のような目になる。

アレには秘密があった。彼女は人生をループしているのだ。死んでは生き返る、これを繰り返し今回は三回目のループ、四度目の人生である。一度目のループ時は痣はひとつだった。二度目のループで痣はふたつとなり、今回は三つだ。そこから考えると、痣はループの回数を表すように思えた。

一度目の人生は、訳もわからず虐《しいた》げられ、十七歳でクーデターに巻き込まれ、暴漢化したクーデター側の兵士に殺された。

皇女として扱われてなかったのに皇女だから殺されるって、惨《むご》い。怒号で目が覚めたらいきなり刺されるんだもん。まぁ、あの頃は早く死にたいと思っていたけれど、あんなふうに殺されるとは思っていなかった。理不尽この上ないわー……。

二度目の人生は十五歳からのやり直しだった。十七歳のとき、クーデターの騒ぎに便乗し皇宮を抜け出し、身分を隠したまま下町で暮らした。酒場の主人に拾われて、住み込みで働くことができたのだ。酒場の主人たちはアレを家族のように扱ってくれた。特に三歳になったばかりの娘ミンミンは、十七歳だったアレを姉のように慕《した》い懐《なつ》いていた。人との愛情に飢えていたアレも、ミンミンを妹のように可愛がった。下町での人生は慎《つつ》ましかったが幸せで、逆に自分がいかに虐げられていたかを初めて知った。虐待によって失っていた表情と感情を取り戻せたのも、町での生活のおかげだ。初めて人間らしい生活を知ったのだ。

しかし、クーデター後の国内は乱れる。クーデターの成功は、魔族の力を借りたものだったからだ。ミオンはというと、ちゃっかりと魔王の妃に収まっていた。魔族と人間との共同統治は十年ほどで破綻《はたん》し、魔族と人間が殺し合うようになったのだ。

　そして、その状況を収めるべく、アレは生き残りの「幻の皇女」として、旧皇帝派のグループから担ぎ上げられそうになり、阻止しようとする魔族から追われるようになる。最終的には、魔族に見つかり殺された。このときアレは三十歳だった。

　やっと人間らしい生き方してたのに、酷《ひど》い。「幻の皇女」ってなによ。皇女の教育も受けてないのになにもできないわよ。普通に生きて普通に死にたかった……。

　三度目の人生は十三歳にループした。アレは前回のループでクーデターの主犯もわかり、その後の悲惨な王国の状況も知ってしまった。そのため、クーデターが起こらないようにと勉学に励むようになる。教えてくれる人がいないため自己流だったが、その中で親切に教えてくれる男が現れた。アレより十歳以上年上の男で、知的でとても優しかった。アレは彼に淡い恋心を抱き、信頼した。だから、クーデターが起こる未来を彼に告げ、阻止するために力を貸してほしいと頼んだのだ。しかし、その男はクーデター派の一員だった。逆に、クーデター後に皇女として協力するように説得されたのだ。自分が利用されていたことを知り、アレはショックを受ける。片想いが破れた瞬間でもあった。そして、言い争っているところを魔族に見られ殺された。このときアレは十七歳になったばかりだった。

　首謀《しゅぼう》者を知ってたからクーデターを止めたかったけど、辛い。結局、あのあとクーデターは成功したのかな？　二回目のときみたいに下町は荒れてしまったのかな。ミンミンや酒場のみんなは無事だといいけど。無力だわ……。

クーデターさえなければ……そう思わずにはいられない。

そして、今度が三度目のループである。小さな手を閉じたり開いたりしてみる。幼子のような手だ。

はぁ、さっき失恋した上に、殺されたばっかりなのに……。感傷《かんしょう》に浸る時間もないって言うの？

アレはため息をついた。虐げられても我慢して生きて、苦労して生き延びても結果死ぬ。こんな人生を繰り返すのは嫌だ。

そのとき、扉の外からかんぬきが外された音がした。重い木の扉が開かれる。アレは扉に目を向けた。朝の光とともに、清浄な空気が入り込んできた。

「姫様、お目覚めですか？」

茶色い髪を綺麗《きれい》に結い上げた優しげな女性が土蔵の中に入ってきた。

懐かしい声にアレは胸がぎゅっと締めつけられた。一度目の人生で、五歳までアレの面倒を見ていた乳母マルファの声だったからだ。ふくよかな体に柔らかな声、茶色の髪はしっかりとひとつに結われている。

アレが生まれたときに、助命を請《こ》うてくれたのもマルファである。マルファは長く皇后の侍女として仕えてきた女性だった。皇后の故郷、辺境のユール国から一緒に皇宮に上がった唯一の人だ。乳母としてアレの面倒を見てほしいと、皇后から命じられていたのだ。アレの唇は震えた。

「マルファ……」

生きている。彼女はまだここにいる。そのことが嬉しくて、手を伸ばせばマルファは柔らかく微笑んでアレを抱き上げた。豊かな乳房の間にアレの顔が埋まった。

「怖い夢でも見ましたか？　姫様」

トントンと背中を叩き、慰《なぐさ》めるように続ける。

「一日遅れですが、姫様の三歳のお祝いをしましょうね。おめでとうございます」

そして昨日が三歳の誕生日だったと知って、アレはこわばった。

マルファに抱かれて、扉を見れば、白いひげの生えた年老いた騎士と、まだ年若い見習い騎士、下働きの宮女など、今日はいつもより多くの召し使いたちがいる。

いつもならマルファ以外は、交代制で騎士がひとり、宮女がふたりつくばかりだ。

今日はアレの誕生日を祝うため、朝から集まってくれたのだ。

アレの誕生日を祝ってくれたのはマルファたちだけだった。アレの誕生日は、皇后の亡くなった日であり、皇宮は皇后を偲《しの》んだ。

皇后を愛した皇帝は、三年の喪に服し、その間、アレは誕生日を祝うことは許されなかった。

しかし昨日が皇后の三年目の命日だった。そのため、こうやって祝いの席を用意してくれたのだろう。

マルファは記憶と違わない優しげな顔でアレに微笑みかけた。優しかったマルファは、アレが一度目の五歳のときに処刑され二度と会えなくなってしまったのだ。

皇家のしきたりでは、五歳の誕生日に皇族になるか判断されるのだ。命名の試練を乗り越え、正式な皇族と認められた者のみが、皇族の名字『シン・レイ』を与えられ、皇宮に住むことが許される。認められなかった者は、母方の名字を名乗り、母方の一族として臣下に下るのだ。

しかし、アレは五歳になっても名字どころか、名すら付けられなかった。その上、祖母が自刃した短剣を賜《たまわ》ったのだ。殺すことはしないが、死にたければ勝手に死ね、という意味だと悟ったマルファはあまりに無慈悲だと抗議をし、不敬だと処刑された。マルファは辺境育ちの純朴な侍女で、後宮内の駆け引きなど考えたこともなかったのだ。

皇后は、先の皇帝に殺された一族の生き残りで身寄りはなく、アレは皇宮以外に住むところがなかった。さすがに五歳の女の子を捨てるのは外聞《がいぶん》が悪かったのだろう。アレは引き続き、皇宮の忘れられた土蔵の中で飼い殺されることになったのだ。

五歳の誕生日を境に、今までアレの面倒を見ていた宮女たちは、ひとりを残し解雇された。必要最低限の者たちが必要最低限の面倒を見るようになった。残された宮女はアレの管理を任され、アレを虐待するようになった。

新しくアレの宮女や護衛となった者たちは、皇女と認められない娘を姫といえるのか、殺さず生かさずでいい、早く死んでくれれば良いのにと、アレに聞こえることを気にせずに口にした。アレの世話係は左遷《させん》、懲罰の意味があったからだ。

それまでも、皇女とは思えないような生活をしていたが、アレにとって五歳からの生活は一段と厳しいものになったのだった。

「さあ、姫様、準備をいたしましょう」

マルファはアレを鏡の前に座らせる。

鳥の巣のようになってしまったフワフワの髪をマルファは優しく丁寧に梳《す》いてくれる。

「今日はこれを用意しました！」

マルファは白いワンピースを取り出した。今までは皇后の喪に服すため、アレは粗末な服しか着ることを許されなかった。しかし皇后の命日から三年たった今日、マルファが新しいワンピースを用意してくれたのだ。母の生まれ故郷ユール国で着られていたというワンピースは、フワフワとしたレースでスカートを膨らませたもので、とても可愛らしい。

辺境の国ユール国とジンロン帝国では文化がまるで違っていた。

女性の服装も、身ごろを合わせ帯で結んだ着物の上に長いスカートを穿《は》くジンロン帝国に対して、ユール国は一続きのワンピースの下にレースのスカートを穿き膨らませるスタイルだった。マルファはユール国出身で、喪が明けたからと、皇后が幼い頃に着ていたようなワンピースを作ってくれたのだ。

素材は良く真新しいが、派手な装飾はなかった。綺麗に洗濯がされアイロンもかけてある。ピンクの糸での刺繍《ししゅう》はマルファの手によるものだ。アレの養育予算は最低限にされていた。また白い布しか使うことは許されていなかった。マルファは皇帝の不興《ふきょう》を買わないよう、目立たぬよう細心の注意を払いつつ、できる限りのことをしてくれていたのだ。

マルファがいなくなってからは、そのなけなしの予算ですら横領され、服は質素な物になった。素材は悪くなり、買い換えの頻度も下がった。アイロンはもちろん洗濯もされなくなってしまった。食事だけ届けられ、放置されるようになったのだ。無学で比較する相手もいなかったアレは、そのまま受け入れみすぼらしくなり、さらに見下されるようになるのだ。

それがおかしいと気がつくのは、クーデターから逃れた二回目の人生で下町生活をするようになってからだ。身を整えることを覚え、学ぶことを覚え、アレはようやく人らしくなれた。そして下町の人たちや酒場の娘ミンミンと関わることで、親子の情のあり方を知ったのだ。愛されていないと感じてはいたが、それを突きつけられた。

そんな大切な時間をくれた下町すらも、クーデターの余波で荒れ、アレが働いていた酒場でも魔族が暴れるようになった。そうして病気と暴力が蔓延《まんえん》するようになってしまった。今までの政治にも不満はあっただろうが、それなりの暮らしを保障していたのだ。クーデターさえなければと、思わずにいられない。

下働きの宮女が、テーブルの上に朝食を用意している。小さなケーキもある。マルファが作ってくれたのだろう。ユール国のケーキはジンロン帝国では作れる者が限られている。

交代でやってくる警護の騎士や宮女なども、誕生日を祝うために集まっていた。

皇女とは思えないささやかな誕生日。しかも、生まれて初めての誕生祝いだ。アレは嬉しかった。今ならこれがどれだけありがたいことかわかる。

でも、だめ。今から、あの人が来る。魔族と通じていた人が。

アレは思い出して唇を噛んだ。幼い頃に強烈に刻まれた記憶の日。それが今日なのだ。

幼い頃からアレをイジメ続けてきた女官長が、ここへやってきて、ささやかなお祝いを不敬と断じた。喪が明けるのは、葬儀が終わった日から三年だ。なくなった日から数えて三年ではなかった。しかし、田舎《いなか》育ちのマルファはそれを知らず、お祝いを開いてしまう。

そして、この出来事を見た女官長は周囲に吹聴《ふいちょう》し、アレは母の死を祝う生まれつきの魔物、アレを庇《かば》う宮女たちも同じ魔物だ、という悪意のある噂を立てられるようになるのだ。

アレは前の人生でこの話を聞いて悲しかった。母の死を利用されたことも、宮女たちが悪く言われたことも悲しい。

そもそもマルファも目立たないように早朝にお祝いを開いたのに、女官長が来るなんて、おかしいのよ。きっと罠《わな》に嵌められたんだわ。

アレはマルファを見て笑った。

「ありがとう。でも、よごしたらヤだから、あとにすりゅ」

三歳児……滑舌悪いわ。

思わず噛んでしまい気恥ずかしいアレだ。

すると宮女のひとりがニコニコと笑って言った。

「でも姫様、せっかくだから早く着たくないですか？　汚しても洗えば良いですよ！　寝間着で食事なんて良くないです！」

アレはジッと宮女を見た。前の人生で、アレを虐待していた宮女である。

この頃はそんなそぶりはなかったから、ずっと信じていたのに。きっと、女官長に情報を流していたんだわ。

「でも、あらったら、かわくまできれないよ？」

アレが小首をかしげれば、マルファが笑った。

「今日くらい寝間着でも良いでしょう。では、お食事を先にしましょうか。みんなも一緒に！」

マルファに促《うなが》され全員でテーブルに着く。ささやかな食事と小さなケーキが人数分並んだ。アレはケーキを手に取った。そのとき、ゆっくりと扉が開かれた。

――そして冒頭のシーンに戻る。

諸悪の根源、ミオンが現れたのだ。

振られ、殺され、ループしたばかりだったアレはミオンに対峙した。

今回ならまだ間に合う。マルファの処刑を阻止して、そのあとは自立してここから逃げるのよ‼　そのためならなんだってやるわ‼

アレは決意を固めた。

◇◇◇

ミオンたちが出ていって、土蔵の中には気まずい空気が流れていた。

「姫様、いままで虫に刺されたとおっしゃっていたのは、全部……」

アレは無言で頷いた。マルファが口元を押さえる。

「皇帝陛下に報告を！」

そんなことしたら、マルファが不敬罪で殺されちゃう‼

アレは慌てた。

「無駄よ。私はパパに嫌われているから。私のために無理しないで。おねがい」

アレがとっさにそう言えば、テーブルに着いていた騎士や宮女が呆然としてアレを見た。

「姫さま……」

「なんでそんな……」

「それもあの方に言われたのですか？」

アレは戸惑って周囲を見渡した。

マルファは窘《たしな》めるように宮女たちを見てから、アレをギュッと抱きしめた。

「わかりました。報告いたしません。でも姫様、そんなに突然大人にならなくても良いのですよ」

その言葉を聞いて気がついた。今は見た目が三歳なのだ。あんな話し方はしない。普通に話すと三歳児としては大人びすぎているのだ。

今度からは気をつけなくちゃ。

アレは取り繕《つくろ》うように無言でにこりと笑った。

「五歳になったらきっとお名前をいただけます。これだけ賢く美しい姫様です。きっと、きっと大丈夫です」

アレは苦く笑う。そうならないかもしれない。そうならなかったとき。

「もしだめでもおこらないでね？」

「怒りませんとも」

「パパのこともよ？　ぜったいよ？」

マルファが皇帝に不敬を働き処刑されるのは辛い。もう二度とそんな目に遭《あ》わせたくない。

アレの言葉に、周囲は息を呑《の》んだ。

「わたしのせいで、みんながいやなおもいするのはいや」

宮女はすすり泣き、老騎士は目を背け目元を拭《ぬぐ》っている。

生きているだけで疎まれる私を、ループ前も五歳まで育ててくれた優しい人たちだ。その優しさはループした今でも変わらない。今でさえ不遇な地位だろう。これ以上不幸にはなってほしくない。

「おねがい、やくそくして？」

マルファと周囲の者たちは、アレの言葉に胸を打たれた。

三歳にして、自分の不遇な立場を把握し、それに悲観するでもなく、周囲を気遣うことができる。ただの子どもではない。完全に人の上に立つ器を持つ者だ。今はまだ幼く、不遇ではあるが、まぎれもない生まれついての皇女なのだ。

周囲のアレを見る目が、気の毒な幼子を見守る柔らかいものから、主君を仰ぎ見るものへ変わった。

マルファはアレを離し、一歩下がって皇帝に拝謁《はいえつ》するときのように胸の前で左手の拳に右手をかぶせ、拱手《きょうしゅ》をした。

「優しく賢い我が皇女様。仰《おお》せのままにいたします」

マルファの凛《りん》とした声に、騎士たちも拱手をし、宮女たちも深々と頭を下げた。その厳粛な儀式のような空気に、アレは意味がわからずキョトンとする。

「なーに？　みんなへんなの！」

アレが吹き出せば、周囲もつられるようにして笑った。


ミオンは言葉どおり、すぐに薬を届けてきた。届けられたのは、金箔の貼られた薬壺《やっこ》だった。金の薬壺は特別な薬の印である。しかも、まるで気遣うような手紙まで添えてある。

「さすがミオン様ですね」

「このような高価な物を……」

マルファも宮女もミオンに感激した。

しかし、この薬はとてもしみるので普通は子どもには使わせない。ループ前のアレはミオンに抓られるたびに塗られていたので、それがどれくらいしみるのかよく知っていた。

こうやって、高価な薬を与えることで誠実な謝罪をしたと周囲に見せるところがミオンの姑息《こそく》なやり方なのね。でも、今回はそんなふうにさせない。

「ほんとう！　すごくりっぱなおくすり！　きしたんは使ったことがある？」

古傷が体中にある老騎士に向かって問いかけた。老騎士は薬を手に取った。薬壺の蓋には紫の紙で封がしてあり、金色の文字が書かれている。

「こ、これは、戦場でのみ使うことが許されたご禁制の薬です」

マルファがいぶかしげな顔をする。

「どういうものなの？　子どもが使っても大丈夫なの？」

「とんでもない！　治りが早く効果が絶大なんですが、激しい痛みを伴うんで、兵士でも戦場でしか使うことを許されてない。こんなものを姫様に塗ったらいかん」

老騎士が顔を赤くして怒るように答えれば、マルファは顔を真っ青にした。

「なんてものを女官長様は……」

「恐ろしい方ね」

ゾッとする宮女たちにアレは笑ってみせる。

「きっと、にょかんちょうさまは知らなかったのよ」

「女官長ほどの方が知らないなんてあり得ない」

老騎士がきっぱりと答える。

「わざとおくってくるわけないわ。そんなことしたらいじわるじゃない？」

アレがニコリと笑い小首をかしげれば、宮女たちはなにも言えなくなった。彼らの間には、ミオンに対する疑惑の種が芽を吹き始めていた。

その後、ミオンと繋《つな》がっていた宮女はクビになった。嘘の情報でアレを陥《おとしい》れようとした罪だという。実際は、正しい情報をミオンに伝えられなかったため、見せしめとして処罰されたのだ。

その後、代わりの宮女は補充されず、宮女たちはミオンに対する不信を深めた。マルファが苦情を言おうというので、アレは自分が手伝うので必要ないと押しとどめた。

ミオンにこちらを攻撃する理由を作らせちゃいけないわ。それに、新しい宮女を頼んでも、きっとミオンの息のかかった人が来るもの。宮女が減った分は私が手伝ったほうが気が楽よ。

そう考え、宮女が減った分の仕事は、アレが手伝うことにした。はじめは宮女たちも断ったのだが、楽しそうに手伝うアレを見て諦めた。下町で生活していたアレは、働くことに抵抗はない。

三歳児の体じゃできることは限られているけど、みんなと一緒に働くのは楽しい！

つたないながらも楽しそうに手伝うアレを見て、宮女も騎士も微笑ましく思った。

どんなことでもやりたがるアレのために、マルファはエプロンを作ってくれた。宮女たちはいろいろなことを教えてくれた。マルファと一緒にユール国の食べ物を作ったり、簡単な編み物をしたりした。

こうしてアレと宮女たちの絆《きずな》は深まっていった。

ななしの皇女と謎の騎士

アレの住まいは、皇帝たちが生活する北辰宮《ほくしんきゅう》の北側、北斗苑の中にある。周囲との境界は竹林で区切られていた。北斗苑は人工的に作られた庭園で、昔は酒池肉林が繰り広げられていた。しかし、先々代の皇帝がここで自殺して以来、荒れ果てている。

アレはこの北斗苑の一番北の端、境界の竹林に隣接した土蔵に住んでいる。もともとは、とある皇女を幽閉していた土蔵で、二階には皇女の残した魔法に関する本と、鍵のかかった葛籠《つづら》簞笥《だんす》が置いてあった。アレは何度か鍵を開けてみようとしたが、一度も開くことはなかった。

土蔵には小さな窓が天井近くにあり、窓には竹の柵がついている。扉は分厚く、外からかんぬきがかけられていた。

毎朝、アレが目覚める頃を見計らい乳母のマルファと宮女がひとりやってくる。それと同時に警護の騎士がやってくる。警護の騎士は、アレを守るのではなく、アレが皇宮に近づかないようにするのが役目のため、歩き回ることのない夜の警護はなかった。

そもそも皇宮内に人工的に作られた庭には、大きな獣などはいないので土蔵から出さえしなければ危険はない。しかし、夜間の警護がなかったため、最初の人生ではクーデター側の兵士に襲われたのだ。年老いた騎士が犠牲にならなかっただけ良かったと思うアレだ。

記憶が戻ってからのアレは、警護の騎士や宮女たちと積極的に関わるようになった。今までは気がつかなかったが、大切にされていたと知ったからだ。孫のように可愛らしい姫から話しかけられることを相手も喜んだ。警護の騎士とは散歩や運動を楽しみ、宮女たちとはおしゃべりしながらお手伝いもした。友達もおらず、暇を持て余す幼子がやりたいと言えば、断る大人はいなかった。

　今日もアレは、北斗苑の探検に精を出していた。体力作りと地理把握のためだった。北斗苑の中は自由に歩くことが許されていた。

　警護の騎士たちは小さいアレを可愛がり、ドングリのありかだとか、美しい野鳥だとか、いろいろなことを教えてくれた。しかし、竹林へ入ることは許さなかった。竹林には罠があるのだ。警護の騎士たちはハッキリと言わないが、一度目のループ時に抜け出そうとし、アレはその罠で怪我を負ったのだから間違いない。

　本来皇宮は魔法の防壁で外敵から守られている。そのため罠を張る必要などない。ミオンがアレに対して嫌がらせのために設置した加虐《かぎゃく》を楽しむための罠だ。

　北斗苑は荒れ果てていたが、昔の豪華だった庭の面影はいまだに残っている。酒を流したといわれる人工池は、雨水がたまり、今では睡蓮《すいれん》が咲いている。池にかけられた橋は朽《く》ちていたが、豪華なものだと推測できた。肉をつるしたという庭木は、手入れがされず伸び放題だったが、それでも花は咲き誇り、珍しい果実もなっていた。

　庭の中央は少しだけこんもりとした丘のようになっている。その丘の中心に、白い幹に白い葉を茂らせた大木が、空に向かって大きく枝を広げていた。その木の下には座るのにちょうど良い豆のような形をした石がふたつ並んでいる。白い枝と葉の間から木漏れ日がキラキラと注ぎ、ふたつ並んだ石がまるで玉座のように見えた。

　アレは目を輝かせた。

「しゅごくきれいな木」

「標《しめの》樹《き》という木です。今は花がありませんが、花は夜になると花の中心が黄色く光って、ちょっとした明かりになりますよ」

「すてき！　いつさくの？」

「それがよくわからないのです」

「わからない？」

「咲く木は一年中咲いていています。咲かない木は咲かないのです。少し前まで咲いていたので、また咲くかもしれませんね。それはそれは美しかったですよ」

　今日、アレの警護を担当しているのは白髪交じりの老騎士だ。警護の騎士の中で、アレと一番親しい男だ。ふたりが並んで歩く様子は、まるで孫と祖父のように見えた。

　幸せなときを思い出すかのように、老騎士は目を細めた。傷のある強面《こわもて》の顔で、嘘のように穏やかに笑う。

「すこしまえって？　いつ？」

「花をつけなくなって、三、四年になりますか……」

思い出すかのように空を見上げる。

「たんねんまえ……」

アレが呟《つぶや》くと老騎士はハッとしたようにアレを見て、取り繕うように笑った。

「いや、思い違いです。もっと前だったかもしれません」

「ママ、いなくなって、さかなくなった？」

アレは老騎士に聞いた。老騎士は困ったように口をつぐむ。

「ママのこと、しりたいの。困らせる？」

じっと見上げるアレに、老騎士は根負けしたように肩をすくめた。

「姫様のお望みなら」

老騎士はそう言って話し出した。

「皇帝陛下と皇后陛下が初めて出会ったのがこの場所だと聞いております。当時はすでにあまり使われなくなっておりました。それがちょうど良かったのでしょう。よくおふたりでここにおいでになっていました。あのふたつの石に腰掛けて語らう姿は、美しく神々しくあらせられました」

荒れ果てた北斗苑でふたりが出会ったのは意外だった。

「パパとママはなかよしだった？」

「ええ、ええ。おふたりともそれはそれは仲睦《むつ》まじい様子でしたよ」

「そっか」

その日はアレは標樹の下で遊んだ。花を摘み花束を作り、石や葉を並べて図形にした。老騎士が標樹の葉を枝でひっかき、絵を描いてみせてくれた。標樹の葉は白く厚く、爪でこすると青い線が残るのでとても面白い。

ふと思いつき、ポケットに詰めてきたドングリを並べてみる。幸せの到来を願うとき、この国では楕円《だえん》を三つ放射線状に並べるのだ。それを人々は『天使の守護印』と呼んでいた。アレの右手の痣と同じ形である。一度目のループ時に覚えたおまじないだ。

そして、その周りに円になるよう地面にガリガリと枝で文字を書く。

【標樹がいつかまた咲きますように】

そう書き終わったところで、老騎士が声をかけてきた。

「姫様。そろそろ帰りましょうか？」

もう日が傾き始めた。

「うん！」

アレは笑って立ち上がり、標樹の幹を優しくさする。

「ふたりがいなくて、あなたさみしい？　でも、わたし、またくるよ」

その瞬間、標樹がポンと音を立てた。驚いて頭上を見ると、乳白色の釣り鐘型の蕾《つぼみ》がついている。ちょうどアレの拳と同じ大きさだ。

ひとつの蕾を皮切りに、続くようにポンポンポンポンと次々に蕾が現れた。

「わぁぁぁぁ！」

「……すごい……こんなふうに……初めて見た……」

老騎士も驚いて木を見上げている。

「これいまからひかる？」

アレの問いに老騎士は頷いた。

「まだ堅い蕾ですが、夜に向かって花が膨らんできます。咲いた花びらは半透明で、中央の黄色い芯が光るんですよ」

老騎士は標樹に話しかけた。

「姫様に一輪分けてください」

標樹は諾《だく》と言うように、ポンともうひとつ蕾をつけた。騎士はその蕾を手折《たお》る。そうしてアレに手渡した。

「まだ光ってはいませんが夜には光ると思います」

「ランプみたい」

「ただ、一晩しか持たないのです」

「そうなの？」

「一晩経《た》つと花は消えてしまうんですよ」

「ふしぎね」

「ええ、不思議です」

そんな話をしながら、アレと老騎士は帰路についた。

その日の夜。標樹の下にはひとりの男が立っていた。木の幹に手をついて、薄く光る木を仰ぎ見ている。

　花の光が優しく彼を包み込んでいた。サラサラと夜風に揺れるストレートの銀髪。長い前髪は左耳を隠すように垂れている。薄い水色の瞳は、氷山でできたかのように冷え冷えとしていた。その姿はこの世のものとは思えぬほど美しく妖艶《ようえん》で、月の女神すら恥じ入るかと思われた。

　彼は、アレの父、フェイロン・シン・レイ。このジンロン帝国の皇帝である。圧倒的な魔力と武力をもって、この国を統治し魔族から守っている。

　圧政を敷いていた自身の父である前皇帝を倒し、皇帝となった男だ。前皇帝の血縁者は親兄弟にもかかわらずすべて殺し、自分に従わない貴族たちも殺し尽くした。

　その振る舞いから、冷酷、冷徹、鉄面皮などと人々の間で囁《ささや》かれ、魔族からですら、残酷王、鬼畜王などと呼ばれる男だ。結婚し少し落ち着いたかに見えたが、愛する皇后を失ってからは、より非道さを増し、心まで失ったと言われていた。

　そのフェイロンが今日、この標樹が花開いたと聞き、ひとり確かめに来たのだ。この場所は愛する皇后とふたりの思い出の場所でもあった。彼女を失い、二度と来ることはないと思っていた。

「なぜ、ここだけ咲くのだ」

　呟き、苦々しい顔で唇を噛む。皇宮の中庭にも標樹が生えている。しかし、そちらは皇后が亡くなってから、蕾をつけたことはない。

「なにが違うのだ」

ふと足下を見れば、懐かしいものがあった。ドングリで『天使の守護印』を模《かた》った子ども騙《だま》しのまじないが地面に書かれている。

【標樹がいつかまた咲きますように】

土に木の枝で書いたかのようなつたない文字が、闇の中で薄ぼんやりと光って見えた。魔法の残り香だ。子ども騙しのまじないでも、魔力を持つ者がおこなえば、まじない以上の効力を持つ。彼の妻もこうやってこの木の下で戯《たわむ》れていたことを思い出す。

「これか……？　まさかな。花を咲かせるほどの魔力はない」

標樹を見上げる。それでも、これがきっかけになったとしか思えない。北斗苑の標樹も皇宮の標樹も、皇后が亡くなってから喪に服すかのように一度たりとも花開かなかった。

「誰が書いた？」

答える者は当然いない。

この北斗苑にいるのはアレだけだ。アレは生きていればまだ三歳。文字など書けるはずがない。アレが生きているかどうか、それすら関心はない。

会いたくない見たくない聞きたくない。妻を殺した存在と同じ空気を吸うのも嫌だ。そんな空気に一瞬でも触れたら、殺してしまう。

「喪は明けたと言いたいのか？」

アレには興味はなかったが、この文字を書いた者には興味があった。アレの側に標樹を咲かせる能力がある者がいるのなら捨て置けない。ただ、こんなまじないで花が咲いたとも思えないため、正式な調査をさせるのも気が引けた。アレ周辺に興味を示すこと自体が忌々しい。

フェイロンはひとつため息をつくと、アレの書いた文章を添削するようにまじないの外側に魔法文字を書いた。

【大いなる標樹よ。その輝かしい光をもう一度我に与えたまえ】

アレの書いた文字よりも数段強く輝く魔法だ。子ども騙しのまじないでも、正しく魔法文字を使えば魔法陣になり得るのだ。

文字を書いた者がどんな反応を示すのか、フェイロンは確かめたかった。気がつくだろうか？　反応がなければその程度の者だったということだ。

そして、フェイロンは標樹をひと枝手折り、寝室へ持って帰った。

翌日、アレは標樹のもとへやってきていた。お気に入りの場所になったのだ。

すると、昨日書いたまじないの外側に、魔法文字でまじないの言葉が書いてある。アレはキラキラと目を輝かせた。魔法文字は一般には普及していない。帝国アカデミーで学んだ者しか使えない特殊な文字で、虐げられていたアレは当然読むことはできなかった。

しかし、きっと同じような意味が書かれているのだろうとアレは思った。昨日より標樹が元気に見えたからだ。

魔法文字を勉強したい！　そうすれば二階の本も読める！

アレの住む土蔵の二階には、魔法文字の古い書籍がたくさんあるのだ。昔そこに住んでいた皇女が使ったものなのだろう。しかし、魔法文字を読める者は多くない。アレの周りには読めるものがおらず、そのままになっていたのだ。

以前から魔法文字を習いたいと思ってはいたが、叶えられる可能性は低かった。マルファたちも魔法には詳しくないのだ。北斗苑から出ることがかなわないアレが帝国アカデミーに入学できる可能性はない。願っても、家庭教師をつけてもらうことすらかなわないだろう。

マルファにわがままを言って困らせたくはない。

アレの望みが、周囲の人を殺すこともあると彼女はわきまえていた。だから、アレは魔法文字の隣に、普通の文字で手紙を書いた。

――魔法文字を教えてください――

この文字を書いた人が、また来るとは限らない。それでも、アレは書いてみた。一縷《いちる》の望みをかけたのだ。アレだと知らなければ教えてくれるかもしれないと思った。

そしてその翌日、アレは急いで木の下にやってきた。そこには、魔法文字とそれを普通の文字で説明する文章があった。

アレは慌ててそれを標樹の葉に枝で書きつけた。騎士は姫が絵を描いていると思っている。そうしてメモをし終わると、魔法文字の横にアレは『ありがとうございます』とお礼の文章を書いた。

　夜、フェイロンが標樹の下に来てみると、魔法文字の下にお札が書いてある。稚拙《ちせつ》だが一生懸命さの伝わる文字だった。魔法文字でないのに、なぜかうっすらと光っていた。

　あのドングリのまじないと同じ人物が書いたのだな。

　なぜか心温まるものを感じ、フェイロンは微笑んだ。そうして、そんな自分に驚いた。

　こんなふうに笑ったのは何年ぶりだ？

　気まずい思いを振り切るように、頭を振ると銀の髪がサラリと音を立てる。

　フェイロンは新しい魔法文字を書いた。

　こうやって、互いに相手を知らないまま、ふたりの交流が始まった。

◇◇◇

　今日は北斗苑の中で野生のイチゴを摘んで遊んだ。春先の爽やかな風に、イチゴの甘酸っぱい香りが漂っている。手入れがされていない庭になる野生のイチゴは実が小さいが、赤い実は春の日差しがギュッと詰め込まれたように輝いている。甘味に飢えているアレにとっては貴重なものだ。持って帰ってジャムにするのだと言えば、老騎士は懐《ふところ》にしまっていた古新聞を広げてくれた。

　その文字を読みハッとする。

「パパ、えんせいするの？　けいごのきしもいく？」

　思わず尋ねれば、変なものを見るような目で見られた。

もしかして、言い方が変だった？

思わず首をかしげれば、老騎士はイチゴを慌てて包み、アレに抱かせ、自分はアレを抱き上げ走り出した。

「失礼！　姫様！」

「なに？　なにがおこったの？　けものがでたの？」

アレの質問には答えずに、老騎士は血相を変えて土蔵へ走って戻る。そして、驚いた顔をするマルファの前にアレを下ろした。

「陛下の目に触れてしまったのですか⁉」

肩で息をする老騎士は、無言で首を振った。

「姫様は、もう文字が読める！」

その言葉でアレはハッとした。

三歳児が新聞を読めるわけがなかったわ……。記事にびっくりして普通に読んでしまった。

「本当ですか？」

「本当だ、この新聞の内容を理解されているようだ」

イチゴを包んだ新聞を指さし、老騎士が言う。

「姫様、もう一度読んでいただけますか？」

真剣な顔で詰め寄るマルファに思わず一歩下がる。背中に老騎士の足が当たる。フルフルと頭を振って騎士に助けを求めると、騎士はニッコリと笑った。

「さあ、姫様、恥ずかしがることはないのですよ。とても素晴らしいことなのですから！」

天真爛漫《てんしんらんまん》に微笑まれ、アレは嘘をつきとおせないと諦めた。

「こうていへいか、ついにみずからしゅっせいか、ながびくこっきょうでのあらそいにしゅうしふがうたれるのでは……」

たどたどしく、周りの目を窺いつつ指さされた場所を読む。

「意味はわかりますか？」

鬼気《きき》迫る表情で覗《のぞ》き込んでくるマルファに、おずおずと尋ねる。

「……パパせんそうにいくの？」

「まだわかりませんが、そういう案が出ているという話のようですね。なぜか、今回は陛下自らの出征は先送りにされているようです」

はじめは驚きの目を向けていた宮女たちも、最後には喜びの色を浮かべた。

「天才です！　姫様は天才です！」

「これを報告すれば陛下も姫様を――」

「慎《つつし》みなさい」

喜び合う宮女と騎士をマルファが窘《たしな》める。

そして、アレの両手をとった。

「姫様はご本は好きですか？」

「うん」

「では、明日にもお持ちしますね」

マルファはそう言うと少し複雑そうな顔をして笑った。あまり賢すぎると、皇位を脅かす者として皇帝に警戒されるのではないかと心配したのだ。

マルファは私が勉強するのが嫌なのかな？

アレは少し疑問に思ったが、学べることは自分にとって都合が良い。マルファの気分を害してもこのチャンスを得たかった。

「わーい！　マルファだいすき！」

アレは少し大げさなくらいに喜んでみせ、マルファに抱きついた。

それからマルファはいろいろな本を持ってきて、アレに教えた。心配なこともあったが、知識はアレを助けると思い直した。仮になにか起こったら、身を挺《てい》して守ろうと決意したのだ。

マルファは、自身が使ったマナーブックや、この国の歴史、その日の新聞、すべて大人向けのものを用意した。どう考えても三歳児には難しいものだったが、はじめに新聞を読んでみせたアレである。すらすらと読み込んだ。それを見た宮女や騎士たちは驚き喜び、自分たちの読んだ本をアレに持ってくるようになった。

アレは、散歩と勉強が日課となり、穏やかな毎日を過ごしていた。そして、いつものように標樹の広場へやってきた。

今日の魔法文字はなんだろう……そう思っていつもの地面を覗き込む。相変わらず警護の騎士はアレが絵を描いていると思っている。

――戦いに行くことになった。当分、ここには来られない――

この魔法文字の人は騎士だったのね。

アレは胸が痛くなる。自分にとっての師のようなもので、面倒を見るために側にいる宮女や騎士たちとは違う存在だった。

無事に帰ってきてほしい。

アレは魔法文字の人に手紙を送ろうと思った。しかし、アレは、紙やペンを持っていない。勉強はお下がりの石板とチョークでしていた。紙やペンは高価なのだ。子どもに与えるものではない。ましてや、虐げられている姫が持てるものでもなかった。

アレは少し考えた。

土蔵に帰れば端布《はぎれ》があったはず。端布にインクベリーで手紙を書こう。明日の朝までに持ってくれば、返事を見に来てくれるかもしれない。

そう思ったアレは、せっせとインクベリーの実を摘むことにした。

インクベリーはその名のとおり、潰した果実がインクのようなのだ。うっかり潰して服につくと、紫色のシミになってしまう。アレも白いワンピースによくつけてしまっていた。

そのたびにマルファたちは「困ったわね」と笑いながら、シミが柄に見えるようインクベリーで絵を描いてくれたのだ。

インクベリーをせっせと摘んで、帰りには標樹の蕾をひと枝取ってもらった。標樹を明かり代わりに、ここへ戻ってくるためだ。

アレは土蔵に戻り、マルファたちが帰るのを見計らって、こっそりと寝台から降りた。

騎士の仕事はアレを外部の敵から守るのではなく、皇帝に会わせないことが目的のため、アレが寝ている時間の警護はない。だから一回目の人生であっさりと殺されてしまったのだ。

インクベリーの実を指先で潰す。端布に指でまじないをする。インクベリーの紫の果汁が、端布の中央に三本の放射線を描く。難しい文字は書けそうになかったので、覚え立ての魔法文字を一言書く。

――守《まもり》――

そうして、指先についた果汁を持て余し、こっそり下着で拭いた。

アレは土蔵の片隅には小さな穴が開いていることを知っていた。一度目のループ時に気がついて、この穴をコツコツと押し広げ抜け出したからだ。きっと以前住んでいた皇女が隠れて掘っていたものなのだろう。今回も同じ場所に同じ穴がある。三歳児なら抜け出せそうだ。穴を隠すように置かれていた竹で編まれた葛籠をずらして外へ出た。

標樹の枝を持ち、広場へ向かう。標樹の大木はその花を光らせていたので、夜でも迷うことはなかった。

木の下へ行ってみる。追加の魔法文字はない。アレはキョロキョロとあたりを見渡したが、人の気配はなかった。

ほっとする。

良かった。まだ来てない。それに、誰もいない。

魔法文字を教えていた相手がアレだとわかったら、きっと相手は困るだろう。もう二度と教えてくれないかもしれない。

アレはまず標樹の枝を豆のような形をした石の上に置いた。その下に端布を置き、風で飛ばされないように石を載せる。そうして跪《ひざまず》き、組み合わせた小さな手を額につけ祈る。

「あの人に届きますように。無事に帰ってきますように」

ウンウンと真剣に祈りを捧げ終わると、枝を持ってスックと立ち上がった。

あくびがひとつ漏れる。いつもより遅くまで起きていて眠いのだ。アレは、眠気を振り切るようにして駆け出した。誰にも見つかってはいけない。


アレが雑木林の奥へ消えたのを見計らって、標樹の下にひとりの男が現れた。

フェイロンは戦いに行く前に、もう一度だけとここに寄ったのだ。そして、北斗苑の中にピンクの髪を見、動けなくなってしまった。

愛する妻とまったく同じ、薄紅色のフワフワとした髪。皇后の生き写しのような幼い子。それが、こんな夜更けにひとりでいる。

フェイロンは思わず腰の剣に手をかけた。一瞬でも自分の前に現れたら、切って捨てようと思っていた。

きっとあの娘は、アレだ。愛する妻を殺したモノ。

皇后はもともと体が弱く、ふたり目の子どもを出産するのは難しいと言われていた。その命が宿ったとき、フェイロンは迷わず彼女に告げた。

子どもの命よりお前の命が大切だ、と。

しかし彼女は悲しく笑って、認めなかった。

この子の半分はあなたでできているの、私はあなたを殺させない、と言った。しかし、そう言った母を殺し、あの娘は生まれてきた。

真っ赤な顔で泣く、しわしわで小さく醜悪な生き物。少しだけ生えたピンクの髪には、妻の血がこびりついていた。そんな得体の知れないモノを抱いて妻は笑った。

笑ったのだ。

――この子はあなたを幸せにします――

まるで予言のように妻は言い残し、逝ってしまった。

あんなモノはいらない。アレのために、妻を、皇后を、失うことが許されるか。

「アレは処分する」

刀に手をかけた瞬間、皇后の侍女マルファが赤い生き物を抱きしめて床にひれ伏した。

「どうか、どうか、お許しください。皇后様の忘れ形見なのです」

侍女ごと切り捨てようとしていた刀が床に落ちる。彼女の言葉がよみがえる。

――この子の半分はあなたでできているの、私はあなたを殺させない――

ならば、アレの半分は妻でできているというのか。

そう思ったら殺せなくなった。しかし、愛することは無論、許すこともできない。燃えたぎる憎悪をどうやっても消すことなどできない。

これ以上見たら殺してしまう。

だから命じた。

「ただし生かすだけだ。次に見たら殺す。それ以上を望むな」

今は殺さない。次はない。誰かに殺されるならそれでいい。自分で死ぬならそれでもいい。逃げ出すならそれでもかまわない。それだけが最大の譲歩だ。

次に見たら殺す。そう思っていたアレがそこにいる。刀を抜いて、斬りかかれば良い。あれほどに細い首、たやすく胴から離れるだろう。

なのに足が動かない。

小さな子は石に向かって跪《ひざまず》き一心に祈っている。

「あの人に届きますように。無事に帰ってきますように」

小さく高い声が、闇夜《やみよ》の中に仄《ほの》かな光となって漂う。

あの人とは私のことか。会ったこともない私のことか。殺そうとしている私の無事を祈るのか。

抜きかけた剣は、それ以上鞘《さや》から出ることはなかった。金縛りにあったように体ごと微動だにしない。

アレは祈りを捧げると、逃げるようにそこから立ち去った。

アレが消えてからしばらくして、ようやくフェイロンは石のもとへ歩いていった。そこには端布が一枚、石の上に置いてある。まじまじと見てみれば、指で書いた『天使の守護印』があった。教えたばかりの魔法文字が、太い線でつたなく書かれている。

……アレだったのか。

標樹を咲かせたまじないをした者。魔法文字を習おうとしていた者。それがアレだった。

お守りのつもりなのか？

粗末な端布をグシャリと握り潰す。

妻が死んで三年。アレは三歳になったのか……。

アレは紙とペンすら持っていないのだ。その中で、アレなりに考えて用意したのがこれだった。

フェイロンは握りしめた端布を丁寧に広げ直した。

字など書けないはずなのに……。誰かに書いてもらったのか？　いや、この汚い字は子どもの字だ。

そして、小さくたたみ直し、着物の胸元に差し込んだ。

紙もペンもないのか……。乳母はなにをやっている。三歳であれほどの才能があるのだ。きちんと教育すれば、……いや、与えなかったのは私だ。

フェイロンはきつく目を閉じ、頭を振った。

見たら殺すと思っていたはずなのに、切り捨てなかった自分がいる。かといって、皇宮に戻そうとも今はまだ思えない。

遠征から帰ってから考えよう。

遠征で血を見れば、今の軟弱な迷いから目が覚めるかもしれない。次に見れば、いつもどおり殺したいと思うかもしれない。

だから今は——。見逃してやる。

フェイロンは標樹を見上げた。標樹がガッカリしたように、少しだけ明かりを落とした。

アレは標樹を持って土蔵に帰った。

「無事に騎士様に届くと良いな」

アレがそう言いながら、標樹を花瓶に戻そうとすれば、土蔵の階段から薄く光が漏れていることに気がついた。

「月ではないよね？　……だれか……いるの？」

先ほどまで外にいたが、月はそれほど明るくなかった。

アレは恐る恐る階段を上っていった。そして身を隠しつつ覗き込む。埃《ほこり》をかぶった本棚には、古い言葉の本や魔法文字の本が詰まっている。二階では、開けることのできなかった葛籠箪笥の鍵がぼんやりと光っていた。

人はいない。

アレはそうっと葛籠箪笥に近づいた。黒漆《くろうるし》塗りが施《はどこ》された箪笥には、螺鈿《らでん》細工の珠《たま》を持った金箔の龍が描かれていた。中央には鍵になるのか、カラクリらしき装飾があり、その脇には一輪挿しがついていた。

「ちょうど良いわ」

アレは一輪挿しに標樹を挿した。標樹は光が少し薄くなってきている。

「もう少し光っていてね」

アレはそう声をかけ、標樹の花を撫《な》でた。そして、騎士が教えてくれた言葉を祈るように呟く。

「大いなる標樹よ。その輝かしい光をもう一度我に与えたまえ」

すると標樹が激しく輝いた。

「まぶしっ！」

アレが思わず目を瞑る。そのとき、カラクリがカタリと音を立てて回った。ひとつカラクリが動いたことで、文字盤のようなものが現れた。

「え⁉」

アレは何度か開けようとチャレンジしたが開けることはできなかった。もちろん一輪挿しに花を挿したこともあった。しかし、今まではうんともすんとも言わなかったのだ。

文字盤をマジマジと見る。どうやら描かれているのは天の星のようだ。目を凝らしてみると、一部の星が何度も触れられたせいで、こすれているのがわかった。

「ここと、ここと、ここ。こっちも」

四つほどこすれている箇所があり、それをアレはマジマジと観察した。

「あ、これって、北斗七星？」

アレはひらめいて、こすれた星を頼りにし、文字盤の星々の中から北斗七星を選び指でたどった。最後の七つ目の星に触れたとき、七つの星が同時に光った。そして文字盤がグルリと回り、葛籠箪笥の扉が開いた。

「わぁぁぁ！」

葛籠箪笥の中には美しい絹の反物《たんもの》から、難しそうな本まで入っていた。緑色の着物は豪華絢爛《ごうかけんらん》で、まるで花嫁衣装のようだ。色あせていない簪《かんざし》や香炉など、アレが初めて見るような高価な品々がたくさん詰まっている。日記のような手書きの帳面や巻物など、さまざまな書物もある。魔法文字の書かれたものもあった。

——好きなものひとつあげる——

箪笥の中から女性の声が響いた。アレは箪笥の奥に目を凝らす。しかし、中にはなにもいない。アレが瞬《まばた》きすると、箪笥の引き出しが開いた。これを選べと言わんばかりに、次々と引き出しが出されていく。

象牙《ぞうげ》の印鑑、鼈甲《べっこう》の眼鏡、サンゴの指輪、螺鈿の施された筆入れ。ほかほかの桃の形をしたまんじゅうに、かぐわしい香りを放つ液体が入ったひょうたん。内側に紅《べに》の塗られた貝がら。古めかしい鏡。小さな印籠《いんろう》には丸薬が入っていた。

その中からアレは一冊の本を取ってみた。どうやら皇宮での有職故実《ゆうそくこじつ》が書かれた本らしい。マルファが持ってきたマナーブックには載っていなかった内容が書かれている。しかし、古い本ならではの難解な言い回しだった。

難しそう……。だけど、五歳での命名の試練で今度こそ失敗したくない！　ちゃんとマナーを身につけて、名前を付けてもらわないと！

ループ前に挑んだ命名の試練では、ミオンに言われたとおりに準備したはずだったのに、不手際があったらしく、皇族とは認められず、父に会うことすら許されなかったのだ。

「これで勉強させてください」

――そんなものでいいの？　もっと高価な物がたくさんあるのに――

「私にはこれが必要なんです。だめですか？」

アレは本を抱きながら尋ねる。

――そう。ならおまけをあげる――

アレの抱きしめていた本の中から、丸い木札がひとつ落ちた。金の龍が宝珠を抱くような形をしており、中心は空洞だ。長いひもがついていて、お守りのようでもあり、栞《しおり》のようでもあった。

――その木札の穴をとおしてみればどんな本でも読めるわ――

声に言われるままアレは覗いてみた。すると穴をとおして見た部分だけ明るくくっきりと、しかも難しかった内容が、アレにわかりやすい言葉になる。

これなら箪笥の外にある魔法文字の本も読める。

「‼　これは！」

アレが驚いて箪笥を見れば、もう質問は受け付けないとでも言うように、引き出しがパタパタと閉じられていく。そして最後にカラクリが自動的に回り、鍵は再び閉じられた。

「これも魔法なのかな？」

アレは怪訝に思う。そして、なんとなく直感であの声の主はここに幽閉されていた皇女だったのではないかと思った。

「お姫様、ありがとうございました」

アレはそう頭を下げてから、木札を首から下げた。

小さなアレにはちょうどペンダントのように収まった。木でできたその札はなんだか少し温かくて、アレは不思議に思いながら、そっと標樹を一輪挿しから抜いた。

アレは葛籠箪笥にもう一度ペコリとお辞儀をして、階段をヨチヨチと下りていった。

帝国軍が遠征に出かけてから、アレは周りから見てもわかるほど落ち込んでいた。魔法文字を教えてくれる人とやりとりができなくなり、寂しく心配だったからだ。生きて帰ってきてほしいと願うばかりだ。寂しさを紛《まぎ》らわすために、二階で葛籠箪笥からもらった本などを読み、ひとりで勉強に励むアレである。

ある昼下がり。竹林の奥から、獣の唸《うな》るような声が聞こえてきた。洗濯を手伝っていたアレは、棒きれを持って竹林へ入っていく。竹林の中では、小さなタケノコが地面から顔を覗かせていた。

「姫様、竹林の中は危ないのです！」

警護の老騎士が慌てて追いかける。

「だいじょうぶ！」

アレは自分の行く先を木の棒で叩《たた》きながら先に進んだ。竹林には罠が仕掛けてあるのだ。獣や賊を捕らえるためではない。アレを傷つけるためだけに作られた竹製のトラバサミで、殺傷能力は低い。アレは前のループで逃げ出すときにトラバサミにかかり、傷を負ったので知っている。

獣の唸り声を頼りに先に進めば、追いかけてきた老騎士に抱き上げられた。

「これ以上はいけません」

「でも、ほら、あそこ、ねこちゃんが」

アレは持っていた棒で竹林の先を示した。

抱き上げられたことで、先のトラバサミにかかっている猫の姿が見えたのだ。オレンジの毛色に黒い縞《しま》模様のトラ猫だ。大きさからすると大人だろう。大きく固太りしている。しっかりとした体躯《たいく》にツヤツヤとした毛並み。耳には金色の輪になったピアスがついていて、一見して野良猫ではないとわかる。

老騎士はアレから棒を受け取ると、下草を棒でかき分けて猫へと近づき、彼女を下ろした。

猫はフーフーと毛を逆立てて威嚇《いかく》してくる。火眼金睛《かがんきんせい》の瞳が怒りをたぎらせている。

アレは猫から視線を逸《そ》らして、人差し指を猫の鼻先にちらつかせた。

猫は怪訝な顔をして、アレの指先の匂いを嗅《か》ごうとする。下町で生活していたときに覚えた技だ。野良猫と共存する下町では、そうやって猫とふれあっていた。

「だいじょうぶ、わな、はずすからじっとして？」

アレはそう言うと、猫の足を挟み込んだ罠に手をかける。その手に騎士がそっと触れた。

「私がやります」

「わたし、ねこ、おさえるね」

アレは逃げ出さないように猫の脇に手を入れようとした。猫は毛を逆立てて、アレをひっかく。

柔らかな幼女の手に、赤いミミズ腫《ば》れができた。じんわりとした熱とともに血がにじむ。

「姫様！」

「だいじょうぶ！」

騎士が慌てる。アレは騎士を制した。

「ここにはほかにもわながあるの。にげたらあぶないんだよ」

アレが猫に言い聞かせる。

「ごめんね、いたいよね。わたしのせいでごめんね」

アレを痛めつけるために作られたトラバサミが、罪のない猫を傷つけたことが悲しかった。

私は生きてるだけで周りに迷惑をかける……。

アレの瞳から涙が落ちる。騎士はそんなアレから思わず目を逸らした。猫よりもアレのほうが痛々しく思えたのだ。

猫の逆立っていた毛がゆっくりと下りてゆく。そして謝るように上目遣いで、ナァ、と鳴いた。

アレはそっと猫の顎《あご》の下を撫でた。猫はそれを嫌がらないどころかアレに額を押し当てた。

アレはねだるような様子を見て、さらに優しく猫を撫でる。猫はうっとりとして目を細めた。

これでも、下町ではナデナデのスペシャリストと呼ばれていたのよ。ミンミンちゃんからモフモフまでたくさんナデナデしてきたかいがあった！

「きもちいい？」

尋ねれば、猫は小さく鳴く。

まるで人の言葉がわかるみたい。やっぱり誰かの飼っていた猫かな？

「じゃあ、いっぱいナデナデさせてね？」

アレが言い聞かせれば、猫はもっと撫でろというように喉を伸ばしてみせる。

老騎士はその瞬間を見計らって、一気にトラバサミを押し広げた。そして憎々しげにバキリと壊す。猫とアレは驚いて老騎士を見た。老騎士は気まずそうに肩をすくめた。

猫は壊れた罠から後ろ足を抜いた。そしてそのまま大人しくアレに抱きしめられると、アレの頬をペロリと舐《な》めた。

「ザリザリしてる」

猫のザラザラとした舌に舐められて、アレの柔らかな頬がプルリと揺れた。アレは思わず笑う。それを見て騎士も笑った。

（リュウホ）

アレの頭の中に声が響いた。アレは思わず周囲を見回す。

（俺の名前はリュウホ）

アレは猫を見た。猫が話したように思ったのだ。しかし老騎士は無反応だ。アレは老騎士に問いかける。

「ねぇ、」

（し！　お前にしか俺の声は聞こえないんだ。このことは俺とお前の秘密）

アレは猫を見た。そして問う。

「リュウホ？」

アレの問いかけに、猫はピンと尾っぽを立ててニャァンと答えた。

アレはフフフと笑う。

「リュウホ、いっしょにおいで、ケガしてるでしょ。くすりをぬろう？」

（もっとナデナデしてくれるならついていってやってもいい）

「たくたんナデナデさせてちょうだい？」

そう笑うアレに猫はナァと答えた。アレは猫を抱いたまま立ち上がった。猫は大きく、ビヨンとのびる。小さなアレが抱き上げても、後ろ足は地面についたままだ。

アレは老騎士を上目遣いで見た。

「なおるまでめんどうをみてもいい？」

老騎士は微笑んで頷いた。このところ気落ちしていた様子のアレに小さな友達ができるのは喜ばしいと思ったのだ。老騎士はアレと猫を一緒に抱き上げて土蔵の前に戻っていった。

マルファと宮女は可愛らしい幼女と猫の取り合わせに、キャイキャイと盛り上がった。

アレは、猫の後ろ足に軟膏《なんこう》を塗ってやり包帯を巻く。

「姫様、名前はどうしましょうか？」

マルファが尋ねる。

「このこはリュウホ」

「良い名前ですね。では、寝床を作ってあげましょうね」

マルファはそう言うと土蔵の二階から古びた箱と使い古しの服を持ってきて、箱の中に枯れ草を敷き、服をかけ、簡単な寝床を作った。そうして、残りの仕事を片付けるため外へ出ていった。

猫は不満げな顔で寝床をフミフミし、クルリとそこに収まった。

（なぁ、お前名前は？）

リュウホの問いにアレは苦笑いした。

「ここの人たちは姫とよんでくれるけど、ほかの人たちは『アレ』とよぶの」

（『アレ』？　変な名前、物みたいだな）

リュウホは悪気なく笑った。

アレはカラ笑いをする。

「ほんとおかしいわよね。名前を付けるのも嫌だったんだって。だったらはじめから殺せばよかったのにね」

リュウホはそう笑うアレに飛びかかって押し倒す。

（笑うな！　面白くない！　泣け！）

「だって」

リュウホの言葉に思わず涙がにじむ。その涙をリュウホが舐める。そのザリザリにアレはホッとして思わず笑った。

（笑うな）

「だって、リュウホがわらわせるから」

リュウホは尻尾でアレをパタンと叩く。

（……俺がもっと大きくなったら、お前をここから連れ出してやる）

「リュウホが？」

（うん。約束だ）

アレの髪にリュウホの尻尾が絡《から》みついた。

（俺たちは尻尾を絡ませて約束するんだ。でもお前尻尾ないから）

「うん、約束」

アレはリュウホの言葉に、ニッコリと頷いた。

一日を終え、アレは寝台に入った。リュウホは静かに寝床で寝ている。今までひとりぼっちで夜を過ごしていたが、生き物の気配があるだけでずっと幸せな気持ちになった。

翌朝、モフモフの感触に包まれてアレは目を覚ました。オレンジ色の縞模様。温かい体温。規則正しい心音がアレを包み込んでいた。リュウホが夜の間に寝台に忍び込んだらしい。

傷ついた足が一晩で寝台に登れるほど良くなったとわかり、アレは嬉しかった。思わずリュウホの体に顔を埋める。竹の葉とお日様の匂いがする。外を冒険してきた匂いだとアレは思った。

ウルルとリュウホの喉が鳴っている。機嫌が良い証拠だ。リュウホは尻尾でトントンとアレの背中を叩いた。

心地よいリズムにアレはあくびをひとつすると、ゆっくりと眠りに落ちていった。

リュウホとアレの生活はこうやって始まった。


アレはリュウホと暮らすようになって、深く眠れるようになった。温かいモフモフに包まれていると幸せな気分になってよく眠れるのだ。リュウホといると幸せで、ずっとこんな日々が続けばいいとアレは思っていた。

しかし、リュウホの傷はあっという間に良くなってしまった。アレはいつでも家に帰れるようにと、土蔵の穴の場所を教えた。

「ここ、じゆうにでていっていいんだよ」

（あたりまえだ、俺はいつだって自由だ）

アレが言えば、リュウホはそう言ってアレの背中を尻尾でポンと叩いた。そう言いつつも、リュウホがその穴を使うことはなかった。

今日もリュウホとアレは一緒に食事を摂《と》っていた。ふたりは同じテーブルで、まるで人と同じように食事をする。リュウホがそう望んだからだ。放置されている土蔵ではマナーにうるさくない。

宮女たちはひとりぼっちのアレの友として、リュウホを大切に扱った。

堂々として美しく、人の言葉がわかるように振る舞うリュウホは、ただの野良猫とは思えなかったのだ。

「成猫だと思っていたのに違ったのかしら？」

マルファが首をかしげる。リュウホはギクリとしたように動きを止めた。リュウホはよく食べ、よく眠り、ここに居着いてからもムクムクと大きくなっているのだ。

「まさか虎？　だったらこのままというわけには……」

恐ろしげな視線を向けるマルファから、アレはリュウホを庇った。

「大丈夫よ！　かまれたことなんてないもん！　おおきくてもいいこだもん‼」

「でも、これ以上大きくなるなら食べ物が足りなくなります。良い子だから飢えさせるのも可哀《かわい》想《そう》で……」

マルファは困ったようにアレに言った。アレの予算は少ないのだ。

「今はなんとかなっていますが、早めにもとの飼い主に戻してあげたほうがいいかもしれませんね」

アレはしょんぼりとした。

「たしかにかわいそうね。ここにいたらしあわせになれないもの」

いつ殺されるかわからないアレのもとにいることが幸せとは思えない。でも、北斗苑から出られないアレには飼い主を探しようがない。

「マルファ、もとのかいぬししゃん、さがしてくれる？」

リュウホはアレを見てナァと鳴き、嫌々をするように額をアレに押しつけた。

マルファはそれを見て切なく思う。マルファも猫は好きなのだ。幼い子どもと、賢い猫の取り合わせは好ましく、ふたりをできれば引き離したくなかった。それでも飼いきれなくなるのは火を見るより明らかで、無責任に飼い続けることはお互いにとって良くない。

「そうですね。この猫《こ》は良い猫ですもの。きっと飼い主の方が待っています」

マルファはそう慰めるしかなかった。

その日の夜、リュウホは土蔵を抜け出し外へ出ていった。アレは気がついたが声をかけなかった。人の言葉がわかる賢い猫である。きっと昼間の話を聞き、察したのだろう。帰ってしまう日が来たのだと、淋しく思ったがしかたがない。

パパやママが待っているかも。大切にしてくれる人のところに帰るべきなのよ。

アレはそう思い、唇を噛む。アレには帰りを待つ父も母も、抱きしめてくれる腕もないからだ。

リュウホがいなくなった寝台は、以前よりスカスカとして冷たく感じられた。

こんなに淋しい思いをするなら、はじめから仲良くならなきゃ良かったなぁ。

アレはクスンと鼻を鳴らして、布団を頭からすっぽりとかぶった。そうして、リュウホが来る前よりも、ずっと闇が深く感じられる土蔵でダンゴムシのようにクルリと丸まり、むりやり眠りにつこうとした。

しばらくして、モゾモゾと布団がめくられる気配がした。アレはソロリと布団から顔を出す。暗闇の中で赤い目がキラリと光っている。本来なら怯《おび》えるところだろうが、アレはホッとした。リュウホが帰ってきたのだ。

「リュウホ……っ！　もう帰ってこないと思った」

思わずリュウホの首に縋《すが》りついた。ホロリと流れ落ちた涙を猫がザリと舐める。

（バカなやつ。約束しただろ？）

そうしてから、前足で小さな巾着《きんちゃく》と手紙をアレに押しつけた。立派な封印がしてある手紙だ。

――リュウホを助けてくれた方へ
この子はナンラン国のとても大きくなる特別な猫です。人の言葉がわかり危なくはありません。リュウホはあなたが好きなようです。できたら人と同じように可愛がってあげてください。食事代を預けます。リュウホと一緒に美味しいものを食べてください。
リュウホの友人より――

手紙にはそう書いてある。

アレはリュウホをギュウッと抱きしめた。

「はなれなくてもいいの？」

（そうだ。お前は俺のナデナデ係だからな）

「うれしい！　リュウホ、わたしもリュウホ大好きよ！」

（俺もだ）

リュウホは感極まった様子で、アレを押し倒す。ふたりは寝台の中で、クルクルとじゃれ合った。


朝になり、アレはリュウホの持ってきた手紙と巾着をマルファに見せた。

マルファはそれを見て驚いた。透かしの入った凝った紙が使われ、筆跡も見事だった。名前は名乗られていないが、高貴な者からの手紙だと思われたからだ。巾着を開けてみれば、金貨がぎっしり詰まっていた。これほどの金貨を猫に持たせるのだ。とても裕福な家の猫だとわかった。

「たしかナンラン国には炎虎《えんこ》と呼ばれる聖獣がいるそうです。虎のような姿で赤い瞳なのだとか。その聖獣に懐かれたものは幸せになるそうです。この子は炎虎なのかもしれませんね」

マルファの声を聞いて宮女がパァァと笑顔になる。

「姫様、良かったですね！　きっと良いことが起こります！」

「リュウホがここにいてくれるだけで、わたしはとってもしあわせ！」

アレはそう言ってリュウホをギュッと抱きしめた。リュウホもそれに応えるように、自分の額をアレの額に押しつけた。アレもグリグリと額を合わせる。ひとしきり額を合わせ合ったふたりは、額を離して見つめ合い、チョンと鼻先を重ねた。そして互いの存在を確かめるように、ギュッと抱きしめ合う。

あまりにも微笑ましい姿に、マルファの目尻にはうっすらと涙が滲んだ。

◇◇◇

老騎士と日課の散歩をしているアレの足下にはリュウホがくっついていた。まるでボディーガードのように寄り添ってくる。アレと老騎士は、そんなリュウホを可愛く思いつつ北斗苑を散歩する。

今日はグミの木の下で、アレと老騎士は休憩をした。初夏の日差しを浴びて、グミが赤く色づいている。太陽の光を閉じ込めたルビーのように真っ赤だ。

「リュウホのめ、みたいね」

アレが笑う。

「食べられるんですよ。食べてみますか？」

老騎士が言えば、アレは「うん！」と元気に答えた。

グミの木の下で、老騎士がアレを肩車する。アレは赤く鮮やかなグミに手を伸ばし、口に運んだ。

「まだすっぱい」

口をすぼめれば騎士は笑った。

「見た目は良くないですが、赤いものより、少し黒ずんだほうが美味しいんですよ」

「そうなの？」

「熟しているんです。木の実は大体、日の当たる場所のものが甘いですね」

熟《う》れて甘そうなグミは肩車をしてもらっても届く場所にはない。ぐーっと手を伸ばしてもやっぱり届かず、アレは少しガッカリする。グミの木にはイバラがあって無理をすると怪我をするのだ。

「もうすこしたったら、したのも黒くなるかな？」

「なりますよ、きっと」

そんな話をしていれば、リュウホがグミの木に登り始めた。グミを啄《ついば》んでいたヒヨドリたちが驚いて羽ばたいていく。緑いっぱいの枝の中で、リュウホのオレンジの尾が揺れる。スルスルとイバラだらけの木を登り、美味しそうに色づいたグミを口に咥《くわ》えた。

ふたりは呆気にとられてそれを見ていた。

リュウホもグミの実を食べるのかしら？

アレが驚いて見ていると、リュウホはグミをアレに向かって落とした。そして、ナァ、と鳴く。

（とってやるよ）

リュウホが言った。

「おろして」

アレは騎士の肩から下りた。そして、慌ててリュウホの下へ向かった。エプロンを広げて木の下に立つ。

リュウホは、太い前足でユサユサと木を揺する。すると熟れた木の実がボトボトと落ちてきた。リュウホはアレのためにグミの実を落としてくれたのだ。

「ありがとう！」

満面の笑みでアレがお礼をいうと、リュウホは満足げにナァと鳴いた。

スルスルとグミの木から下りてきて、アレに額をこすりつける。リュウホの体にはグミの葉や枝が絡みついている。アレは地べたに座り込み、汚れを丁寧に取ってやる。するとリュウホが小さく鳴いた。グミのイバラで傷ついたのだろう。

「いたい？」

リュウホはイバラの中をアレのために登ってきてくれたのだ。

（平気。それより、もっとナデナデしろ）

リュウホは「気にするな」というようにナァと鳴き、アレの膝に顎を置いた。アレはエプロンでグミを包むようにしてから、それを外して脇に置いた。

「いいこ、いいこ。イバラのキズがなくなりますように」

アレはそう言いながらリュウホをまんべんなく撫でまわす。アレが撫でた毛がかすかに光ったが、夏の木漏れ日のせいだと、老騎士もアレも思った。

リュウホは満足げに、鼻から息をつきゴロゴロと喉を鳴らして、ゴロンと腹を見せてくる。アレが撫でてくれたおかげで小さな傷がすべて治ってしまったのだ。アレには治癒《ちゆ》の魔力があったが、それに気がついたのはリュウホだけだ。

アレは嬉しくなってリュウホのお腹《なか》に顔を埋め、モフモフを撫でながらモフモフを堪能した。

「しあわせ～。いいにおい」

アレがうっとりと呟く。

「姫様はリュウホが大好きですね」

「うん。だいすき」

アレが顔を上げてエヘヘと笑えば、リュウホも笑う。

（俺も好き）

そしてアレのエプロンをちょんと鼻先で突いた。

（だからいっしょにそれ食おうぜ）

アレはエプロンを開き、一番大きくて一番甘そうなグミを手のひらに載せる。そして、種を抜いてやり、リュウホに与えた。

「はいどうぞ！」

リュウホは満足げに目を細め、ナァと鳴く。

（旨《うま》い、食べてみろよ）

「うん、わたしもたべる！」

広げたエプロンを覗き込み、グミの実を摘まむひとりと一匹に、老騎士は微笑ましく思った。

三人はひとしきり遊ぶと、残りのグミを持って土蔵へと帰った。

いつもどおりアレとリュウホが転がるようにして遊んでいると、そこへミオンが現れた。今日は侍女をひとり連れただけである。そして、リュウホを見てわざとらしく声を上げる。

「きゃぁ！　なんてこと、アレ様が虎に襲われているわ！」

（バカかコイツ、なに見てるんだ！　俺が襲うわけないだろっ‼）

リュウホは毛を逆立ててイカ耳になり、唸り声を上げてミオンを威嚇した。ブンブンと激しく尻尾を振っているのは怒っている証拠だ。

「恐ろしい！　どうして誰も助けないの！　騎士は⁉　乳母はなにをしているの⁉」

ミオンは声を上げるだけ声を上げ、助けようとはしない。

アレは慌てる。

「ちがう！　この子はわたしのともだち！」

　アレがそう言ってリュウホを庇うようにギュッと抱きしめた。そして、興奮して飛びかかろうとするリュウホを落ち着かせるようにゆっくりと撫でる。リュウホはゴロゴロと喉を鳴らして大人しくなった。

　すっかり懐いている様子を見て、ミオンは忌々しく思う。

「まぁ、アレ様の？　陛下のお許しもなく虎を飼うなんて恐ろしい。なにかよからぬことを考えているのではと疑われますわ？」

「とらじゃないの！」

　アレの答えにミオンは困り顔をマルファに向けた。

「虎でないにしても……、こんな大きな猫の餌代はどうしているんですか？　まさかアレ様の予算を流用しているのでは？」

　ミオンの狙いはそれだった。噂でアレが大きな猫を飼いだしたと聞いて、アレを陥れようと思っていたのだ。

　マルファはミオンにニコリと笑った。

「正確にはこの猫の飼い主から預かっているんです。餌代はその方から預かっています」

　マルファの答えにミオンは鼻で笑った。取り繕った嘘だと思ったのだ。

「そうなのですね。でも証拠がないと説明できませんわ？」

「証拠ならございます」

マルファはミオンにリュウホが持ってきた手紙を見せた。

「……この紙は……」

ミオンは手紙を見て唸った。ナンラン国の透かしが入っている高価な紙に、達筆な文字が書かれている。

下手をしたら、ナンラン国の王族が絡んでいるかもしれないわね……。

ミオンは忌々しく思う。

「そもそもなぜこのようなことに？　まさか勝手に北斗苑から出たのではありませんか？　それならば皇帝陛下にご報告を」

「姫様が竹林の中で助けられたのです」

老騎士が答えた。

「……竹林の中で？」

ミオンが怪訝そうに尋ねる。

「はい。北斗苑は立ち入り禁止ではありませんから、皇宮側から入ってくるものがあるのです。きっとこの猫も迷い込んでしまったのでしょう。そして竹林の中でトラバサミにかかっていたところを姫様が見つけ助けられたのです」

老騎士の言葉にミオンが顔をしかめた。

面倒なことになったわ。

自分の仕掛けた不法な罠が他国の貴族のペットを傷つけたと知られては困る。

「姫様が気がついて良かったです。手紙から察するに高貴な方の猫のようですし、トラバサミにかかって死んでいたとなったら、問題になったでしょう。城の周囲には魔法の防壁が張り巡らされています。城内にトラバサミなど設置する必要はないですから、設置した者の罪が問われるかもしれません」

老騎士がそう言えば、ミオンは大げさに頷いてみせた。

「そのとおりですわね。ほかにはないか調べておきます」

「私どもにお命じにならないので？」

老騎士が不審に思って尋ねる。ミオンは優しげに微笑んだ。アレを警護する騎士に証拠を握られても困る。

「アレ様の騎士に雑用など頼めませんわ。皇宮を取り締まる女官長として、きちんと調査します」

そう言ってクルリときびすを返す。ミオンの背中に、マルファが声をかけた。

「猫の件は……」

「勝手になされればよろしいわ。ただし、予算の流用が発覚した場合は陛下に報告いたします」

突き放すようにミオンは答えた。

リュウホは毛を逆立てた。ブワリと尻尾が膨らんでいる。

（もしかして、アイツが罠仕掛けたのか!?）

アレはリュウホを抱きしめる腕に力を込め、牙を剥《む》き飛びかかろうとするのを押さえ込む。

「ダメよ、リュウホ。我慢して！」

アレの声を聞いてミオンは笑う。

「そうそう、猫が問題を起こしたときは、アレ様に責任を取っていただきますからね。飼うからにはきちんとしつけをなさいまし」

ミオンの答えに、アレはリュウホのクビをギュッと抱きしめた。

「にょかんちょうたま、ありがとうございます！」

足早に立ち去っていくミオンに、アレは大きな声で礼を言った。

(なんであんなやつに頭を下げるんだ！　俺、アイツ嫌いだ！)

「あのひとは、にょかんちょうなの。あのひとにさからったらばつをうけるわ。ゴメンね、がまんして」

悔しさを紛らわすようにアレはリュウホの背に顔を埋めて答えた。マルファや騎士たちはその言葉を聞いて切なくなる。

姫様はすべて理解されているわ。そして、私たちに害がないよう守ろうとさえしてくれている。

マルファは、リュウホごとアレを抱きしめた。

「今までは『すべて姫様のため』という女官長殿の言葉を信じていましたが、本当にそうでしょうか？」

老騎士がマルファに問う。マルファも最近疑問に思い始めていた。

窮状《きゅうじょう》を訴えても、『アレ様のために今は我慢なさい』と優しく微笑むミオン様を信じてきた。

でも、赤子の頃から変わらない予算。届けられる食材などは子ども向きではないものばかり。喪が明ければそれも変わると信じてきたけれど、その気配もない。

もしかして、『アレ様のため』というのははじめから嘘だったのではないかしら？

ミオンは皇宮とアレを繋ぐ唯一の人物だ。すべての伝達はミオンをとおしておこなわれている。

ミオン様が信じられないとしたら、姫様を守るためにどうしたらいいの？　私では守り切れないかもしれない……。

マルファはゾッとして、アレを抱く腕に力を込めた。そして、老騎士を見上げる。

「それでも姫様をお守りします」

老騎士は黙って頷いた。ふたりの心の中は一緒だった。

ミオンは内心穏やかではいられない。せっかくマルファを罰する理由を見つけたと思ったのに、失敗したのだ。それどころか、トラバサミの件まで指摘されるとは思っていなかった。

しかもあの猫はただの猫ではないわ。ナンラン国と問題を起こすことは避けたい。

ナンラン国は、ジンロン帝国の南に接する大国だ。先の戦争の協定でジンロン帝国に人質を差し出しており、皇宮の人質が住む区域に姫がひとり住んでいるはずだ。人質を取っているからといって、なおざりにしていい国ではなかった。

もしその姫が連れてきた猫だとしたら、不法な罠でケガをさせたことを知られたら問題になる。その上、猫を処分したとあっては国際問題に発展しかねない。

ミオンは急ぎ皇宮に戻り、竹林の中にあったトラバサミを処分させた。その上で、『以前皇女が幽閉されていたときから放置されていたものをミオンが気がつき処分させた』と自分の功績にしたのだった。

　しかし、皇宮内にミオンを疑う者はなく、また逆らう者もいなかった。ミオンのアレに対する態度はともかく、後宮管理の手腕は優れており、現宰相《さいしょう》の姪《めい》でもある。宰相トウミは、皇位継承権最下位だった現皇帝の後ろ盾となった人物で、彼の力なくして現在のジンロン帝国はなかった。また、皇位簒奪《さんだつ》の際に、多くの皇族貴族を処罰したフェイロンにとって、宰相家は数少ない味方であり、実務を任せられる者たちであった。

　ミオンはひとり呟いた。

「猫をとおしてナンラン国と通じられては困るわ。やっぱり、アレは邪魔になる」

朝早くアレはリュウホの背に乗って北斗苑を抜けた。リュウホはすっかり大きくなって、今ではアレが乗ってもびくともしない。今までは、北斗苑で息を殺すようにしてひっそりと生きていたのだが、今回は違う。

隠れ逃げていてもどうせ殺されるだけなら、少しでも生き残れる方法にかける！　魔法文字を教えてくれる人は遠征に行ってしまったから、自分で勉強しよう。

幸いなことにアレにはループ以前の記憶があったため、読み書き計算は普通の大人並みにできた。それに気づいたマルファは家から数々の本を持ってきて彼女なりの教育を始めた。しかし、令嬢向けのマナー教育が主で少し物足りなかった。

もっといろいろなことが知りたいのよ。この国の現状とか、魔法とか。もし魔法が身につけば、ここから逃げ出せるかもしれないし。

アレはそう思い機会を窺っていた。葛籠箪笥の中から出てきた木札越しに見れば、難しい本も理解できるのだ。

今なら、皇帝が出征中で、ミオンも休暇中だ。このチャンスに、図書館に行こう！　そうして、魔法文字を予習して、遠征に行った騎士が帰ってきたら驚かせるの！

アレは自分の計画にムフフとなる。

　北斗苑自体は、出入りが自由だ。ただ、荒れ果てているため、入ってくるのは肝試しをするような物好きくらいだ。アレは皇帝に見つかったら殺されるため、北斗苑からは出ずに、中にいても人の気配がしたら逃げるようにしていた。

　朝の早い時間には宮女も騎士もいない。早朝の深い霧の中、白いワンピースを着たアレはリュウホの背中に乗って北斗苑を抜け出した。クチナシの香りがする霧が立ちこめている。むせかえるような濃い霧の中、不如帰《ほととぎす》のさえずりだけがくっきりと響いた。右手に刻まれた天使の守護印のおかげか、小さなアレは皇宮の騎士たちの目にとまらなかった。

　アレは図書館を目指していた。入り口には龍がおり、皇族以外は入れないと聞いている。アレが入れるかはわからなかったが、挑戦してみる価値はある。

　アレは大きな扉の前に立った。扉の前にはアレの背丈より少し高い黄金の円柱があった。この円柱には登り龍が彫られている。龍の手には水晶玉が光っていた。しかし、生き物がいる気配はない。

「どうしよう……うわさはうそだったのかしら」

(どうした?)

　リュウホが尋ねる。

「ほんとはここにりゅうがいるってきいてたの。でもいない。入れないのかしら」

　アレは戸惑い、なんとはなしに龍の水晶に左手を乗せた。龍に話しかけるように背伸びをし、二本のツノの間を優しく撫でた。

「あなた、知ってる？　どうやったら入れるの？」

独り言のように呟いて笑う。

「なーんて……」

そのとき、龍の目が光った。同時に白く薄かった右手の『天使の守護印』が、赤くくっきりと光る。

「無礼者‼　我が頭を撫でるとは‼」

いきなり突風が巻き起こり突き飛ばされる。お腹の底までビリビリと響くような恐ろしい音。龍の発した声だった。

アレは驚いて思わず後ずさる。彫刻だと思っていた龍が、グルリと柱を一回りして、アレの目の前に立った。黄金の龍だ。その瞳は宇宙のような深い闇色で、冷たい炎を宿している。

リュウホがアレの前に立ちはだかり、毛を逆立て唸り威嚇をする。ブワリと尻尾が大きく膨らんでいる。

黄金の龍はリュウホを一瞥《いちべつ》した。

「ごめんなさい。知らなくて、すみません」

アレは慌てて頭を下げた。

「知らぬなどと言い訳がとおるわけがあるまい。その虹色の光彩は皇帝の血筋。右手の痣は『天使の守護印』。我に対する礼節を叩き込まれぬわけがない！」

金龍の怒りは収まらない。

「申し訳ございません。私は……皇族と認められておらず教育を受けていないのです。ここへも勝手に参りました。お許しください」

アレは金龍の前に跪き床に頭をついた。恐れのあまり、自然と子どもらしさの抜けた話し方になる。

金龍はさらに怒る。

「皇族が易々《やすやす》と頭を地につけるな！　痴《し》れ者が‼」

ビクリとアレは顔を上げた。

金龍はマジマジとアレを見た。よく見ればかなり幼い。

「いくつになった」

「三歳です」

「三歳？　その話し方でか、ああ、天使の守護印のためか」

金龍はひとり納得したようだった。

「確かに見た目はまだ皇族の印は持たぬ年だ。しかし、最低限の礼節くらいは教えられているべき年でもある」

金龍はジロリとアレを睨んだ。

「汝《なんじ》に問う。名はなんという」

「私は――」

アレは言葉に詰まった。名前はないのだ。

「今一度問う。お前の名は」

威厳のある凛とした深い声だ。アレは背筋を伸ばし、考える。

私の名前。「アレ」は名前じゃない。マルファもみんなもそう呼ばない。だから、私も自分のことを「アレ」だと思うことはやめよう。

「私の名前は、ありません」

アレははっきりと答えた。

「なに？　皇帝の子に名がない？　そんなことがあろうものか」

父は自分を子だと認めていないのだ。だから名前さえ付けなかった。アレは唇を噛んで答えた。

「私は皇帝の子ではないのです」

「私を謀《たばか》る気か！　お前は皇帝の娘。名を名乗れ！」

金龍は吠《ほ》えた。

「……本当に名付けられていないのです」

俯いて弱々しく答えるアレに、金龍は静かに問うた。

「なぜだ」

「誰も付けてくれなかったので……」

口にしてさらに深く俯いた。母は亡く、父にも愛されていない。いや、名前を考えることを拒むほどに、憎まれ疎まれている。実際、アレは今まで何度もループしたにもかかわらず、直接皇帝を見ることはかなわなかった。

唇を噛むアレを金龍の尾が撫でた。アレの言葉に嘘はないと感じたのだ。

「……そうか。皇女よ、図書館を案内しよう」

金龍は扉に水晶玉を向けた。大きな扉が重い音を立て開く。金龍は扉へ向かって飛んでいき、中へスルリと入り込んだ。アレとリュウホは慌てて金龍を追った。

「こんなに幼くしてなにを望む」

「魔法文字の教科書はありませんか？　あと、この国のことをよく知りたいんです。でもなにを読んだら良いのかわからなくて」

「なぜだ？」

「このまま五歳になったら皇族に認められません。名前のないままではいずれ殺されるかもしれない。だからひとりでも生きていける力を身につけたくて」

金龍はアレを見て目を細める。

そもそも、皇族と認められていない者は、龍の門を通ろうとしてはいけない。五歳で皇族と認められた者のみに、龍の門は開かれる。その程度の知識すら教えられていない娘だ。今後の教育も期待できないだろう。無条件に愛されるべき幼子が、ひとりで生きる力を求めている。その姿が痛ましかった。力になってやりたいと思ったのだ。

だがアレはその目の意味がわからなかった。

「では、このあたりだな」

金龍に案内された本棚には分厚い本がズラリと並んでいる。それを見てアレはよろめいた。とても短時間で読めるものではない。また次に霧の出る日がいつになるかわからない。焦った気持ちで思わず右人差し指の爪を噛む。

「持ち出すことはできないですよね……」

「かまわんぞ。お前は皇女だ。私が許したのだ。誰も咎《とが》められぬ」

金龍の答えにアレはおずおずと一冊の本を手にした。

「それだけでかまわぬのか」

「見つからないように持って帰るには、一冊しか持てないので」

「私の背に乗せてやる。好きなだけ持って堂々とここから出るが良い」

「それでは金龍たまにご迷惑がかかるのでは？」

「フェイロンの小僧など怖くはないわ。うるさいことを言うのならあの氷のような青い目を食らってくれる。さぞかし喉がすっきりしよう」

皇帝の名を呼び捨てにして、金龍は笑った。

アレはその言い方に思わず笑い、金龍の言葉を信じることにした。なんにしても、今までのように父から逃げ回っていたら未来は変えられない。それに、五歳で名前をもらえないくらいなら、その前に自分が不敬で手打ちにでもされたほうがマルファも処刑されなくて済む。

金龍のアドバイスを受け、アレは本を三冊選んだ。すると金龍はたちまち大きくなり、その背をアレに向けた。

「さあ、乗れ」

言われるままにアレは金龍の背中に乗った。リュウホも金龍の背中に乗る。重い扉が開かれて、明るい日差しが差し込んでくる。すでに深い霧は晴れていた。眩《まぶ》しくてアレは目をこすった。

「世界が明るい……！」

アレの感嘆に金龍の背が地震のように波打った。笑ったのだ。

「そうだ、お前が思っている以上に世界は明るい」

金龍の声にアレは頷いた。

「私の背とお前の胸の間に本を挟んでしっかりつかまれ」

「はい！」

アレは言われたとおり、金龍にギュッと抱きついた。金龍は、アレがしがみついたのを確認すると、飛び立った。図書館の扉を抜け、大空へ舞い上がる。

朝の冷たい空気の中、皇宮の上を旋回する。初めて見る景色にアレは興奮した。

いつもは北斗苑の木々の間から、皇宮を巡回する兵士たちに気づかれぬよう覗き見ていた明るい城内。

上から見るとなんと大きいのだろう。

「わぁぁ……！　すごい！」

アレが感嘆すると金龍が説明してくれる。

「竹林に囲まれたこの四角全体が、紫微城と呼ばれている。大きな道の西側は臣下などが住む町。東側は元後宮で華蓋《かがい》と呼ばれる。現皇帝になってからは、後宮は廃され、現在は各国の要人が住む町だ。いわゆる人質だな」

「人質……」

「人質とはいってもそんなに悪い生活ではないぞ。基本城内は自由に歩けるし、子どもはこの国の教育も受ける。そして国に戻ってジンロンの文化を広めるのだ」

「そうなんだ」

マジマジと城内を見る。さまざまな建物、庭などが見える。大きな水路に、大きな道。綺麗に整えられた華蓋は、アレの住む北斗苑よりもはるかに住み心地が良さそうだ。

「そして中央の四角い池にそびえ立つ九重の塔。それは、執務をするための天鉞楼《てんえつろう》だ。その奥に、皇族の住む北辰宮がある」

北辰宮は、黒い瓦に赤い壁で、黄金の装飾できらめいている。豪華な建物が建ち並び、美しい庭がいくつか作られていた。

対してアレの住まいは、忘れ去られた北斗苑の小さな小さな土蔵だ。

金龍はグルリと皇宮の上を旋回する。

雲ひとつない青空に金の龍が舞う。皇宮の兵士たちが空を見上げ金龍を指さしている。龍は吉《きっ》祥《しょう》の証しだ。中でも黄金の龍は伝説上の存在で、実際に見た者はいなかった。その金龍が飛んでいるのである。皇宮は大騒ぎだ。

「どうしよう……みつかっちゃったわ。殺されるかも‼」

不安になるアレを横目に金龍は笑う。

「なに、私の背に乗る者を兵士ごときが咎《とが》められようか」

「でも……」

「心配か？」

いつ殺されても良いと思ってはいるが、リュウホまで矢に撃たれるのは嫌だ。

「はい」

「では、兵士の入れぬ場所に下ろしてやろう」

金龍は見せつけるように大きく三度旋回してから、北辰宮へ向かって下りていく。

「あ！　私の家はそっちじゃないの」

「知っている。なもなき皇女よ」

「皇帝陛下に怒られるわ！」

「やつはいない」

金龍はそう言うと、北辰宮の奥にある庭へ下りた。

小さな花々が咲き乱れる野原のように素朴な庭である。タンポポの綿毛は朝露に濡れ、まだしぼんだままだ。人工的に作られた丘のてっぺんには大きな標樹が立っていた。この樹には蕾がついていない。

「素敵な庭……」

アレは思わず感嘆した。

「ここは皇族の私的な庭『標樹苑』だ。兵士は入ってこられない。フェイロンもいないから誰も来ないだろう。さぁ、ここへ来い。わからないことは教えてやろう」

金龍はそう言うと、木の下に寝そべり自分の脇をトントンと叩いた。

腹ばいになった金龍の横に、アレとリュウホは座り込んだ。ふたりを包み込むようにして、金龍がとぐろを巻く。金龍の鱗《うろこ》がアレの腕に当たる。

金龍の鱗は冷たくてサラサラね。気持ちが良い……。

リュウホは額をアレに擦《す》りつけてあくびをした。リュウホは相変わらず温かい。

いろんなことがありすぎて緊張していたのだが、金龍の体に包まれてアレはほっとした。本をめくり、木札を覗きながら金龍に教えを乞《こ》う。金龍はアレの持つ木札を見て少し驚き、満足げに頷いた。

「葛籠箪笥を開けたのか」

「はい」

「なにを選んだ」

「本です」

「……そうか。あの中から選んだものには一生困らないのだ。お前はお前の欲する知識に困ることがない」

「そうなんですか!?」

「宝石にすれば良かったか？」

金龍は笑う。アレは笑って頭を振った。

「いいえ。宝石をいくら持っていても、生き残れなかったら意味ないです」

「……そうか、だから私はお前に出会ったのだな」

「?」

「さあ、なにが知りたい?」

「……えーっと」

アレの質問に答える金龍の声が、優しく心地よく響く。歴史などを、まるで見てきたように語る金龍にアレは驚いてしまう。

「……なんでも知ってるのね」

「人の心はわからん」

「わたしも」

ぶっきらぼうに答える金龍に、アレは笑った。あふ、とひとつあくびをする。体は三歳児で、朝も早かったのだ。疲れてしまった。

「少し寝るが良い」

金龍の言葉が聞こえるか聞こえないか、アレはスウッと眠りに落ちてしまった。

金龍は少し考えるような顔をして、眠りについたアレをマジマジと見た。この年で殺されることに怯《おび》えなければならない幼子を可哀想に思ったのだ。

「お前にこれをやろう」

パキリと自分の鱗を一枚取り、アレの左耳の後ろに押し当てた。その鱗はアレの皮膚に食い込むように張りつき、肌の中へ沈んでいった。その肌にはキラキラと金の鱗が透けて見えている。

（！）

リュウホが驚いて唸る。金龍はリュウホを見て笑った。

「炎虎よ、これは『逆鱗《げきりん》』という」

金龍はリュウホに言い聞かせる。

「五歳で皇族と認められた者は、名字以外に逆鱗を与えられる。この逆鱗が皇位継承権の証しだ。これがあれば、どんな者でもむやみに手を出せなくなる」

リュウホは唸るのを止めた。

「私はいつでも側にいられるわけではないからな」

（俺が守る）

金龍の言葉にリュウホは素っ気なく応えた。金龍はクスリと笑う。

「ああ、頼んだぞ」

リュウホは不機嫌そうに鼻を鳴らし、尻尾で地面を叩いた。

ななしの皇女と皇太子

皇太子のキリルは今年十一歳だ。アレの八つ年上である。昨年立志式をおこない、その能力は帝国中に認められていた。ジンロン帝国の貴族の子どもは、十歳の立志式に合わせ、能力を測る試験がおこなわれる。キリルはそこで優秀な成績を収めていた。

彼は父に似て美しい少年だった。父と同じ銀の髪は、母譲りの柔らかなウエーブを描いていた。ウエーブのかかった髪はジンロン帝国では珍しく、他国の血の交わりの証しだった。整った鼻筋に、薄い唇。つり上がった目尻は冷たさを感じさせるが、丸みを帯びた頬にはまだ幼さが残っていた。氷河のように澄んだ水色の瞳の奥は、虹色の光彩がきらめいている。

幼いながらも頭脳明晰《めいせき》な彼は、父の遠征中に皇帝代理としていくつかの仕事を任されていた。

そこで変な話が報告されたのだ。

――今朝早く龍が天使を背に乗せ皇宮を旋回するのを複数の兵士が見た――

あり得ないと思った。

龍は皇族の象徴にもなっている伝説の生き物だ。皇族を守る聖獣だとされ、皇族のみが入室を許される場には、必ず龍の像がある。

龍の守る扉は、はるか昔になんらかの魔法がかけられ、皇族以外は入室できないようになっている。しかし、実際に龍が扉を守っているわけではない。そんなことは子どもでも知っている。あり得ない。しかも天使？　集団で幻覚でも見たのだろうか。今朝は霧が深かった。日輪を勘違いしたのか？

　しかし、信用できる複数の目撃証言があり、北辰宮の標樹苑に下りたのではないかという。皇后と皇女が不在の皇宮では、ミオンが後宮の最高責任者だった。しかし、今日は女官長のミオンもいない。

　報告を受けキリルは、側近の皇宮騎士団長を連れ、くだんの庭にやってきた。そこで、キリルと皇宮騎士団長は信じられないものを見た。

　庭の中央の木に眠る、龍と幼女の姿である。

　きらめく朝日を浴びて、黄金に輝く龍。その腹にぴったりと寄り添って眠っているピンクの髪の小さな女の子と、オレンジ色の大きな猫。金龍の片手は、フワフワとした髪をもてあそんでいる。揺れる尻尾が機嫌の良さを物語っているようだ。分厚い本が三冊。二冊は積み重なったまま、一冊はページが開いたままで、標樹の葉が乗っている。

　まるで一枚の宗教画のような美しさである。

　桜色の長い髪はフワフワとし、雲のようにはかなげだった亡き皇后を思い起こさせた。木綿素材の質素な白いワンピースは、サイズが少し大きく皇族が着るものとは思えない。しかし、今は着る人がない皇后の祖国ユールのデザインだった。皇后と縁がある証拠だ。

キリルは息を呑んだ。

皇宮騎士団長は固唾《かたず》を呑んで見守る。彼は、この幼女がアレだと気がついていた。ただ、アレだとわかってしまえば、処分しなければならない。まだ小さな幼子を手にかけるのは嫌だった。皇帝に疎まれていても、彼女は皇女で、皇女でなくても三歳の娘である。なんの罪もない子どもを殺すのは仕事だとしてもできれば避けたい。

キリルは呆然として呟いた。

「あの子は……」

騎士団長はギクリと肝が冷える。

「あの子は、なんだ？」

キリルは自分の見ているものがにわかには信じられなかった。

伝説の龍。皇族を守護する聖獣。それに抱かれているのは、きっと見たことのなかった妹だ。皇宮への立ち入りが禁じられ、皇帝の目に入ったら殺せと言われている娘。母を奪い、乳母マルファまでも連れ去った娘。

きっと、捕らえるのが正しい。でも、目覚めたところも見てみたい。瞳は母上と同じなのだろうか？　どんなふうに話すんだ？

母の面影の残る寝顔を見て、キリルは恋しさがこみ上げてきた。

そして母がいた頃を思い出す。大きくなった母のお腹に耳をつけ、中の子どもの名を呼びかけた日々。母は、なぜか娘だと信じ切っているようで、女の子の名前を付けて呼んでいた。ジンロン帝国では珍しい、母の国の言葉で付けられた名前だ。

　母は言った。

『キリルの名前の意味はユール国では『神』なのよ。だから、妹の『天使』を守ってあげてね』

まるで、自分が死ぬのを知っていたようだったと今になって思う。

でも私は母上との約束を破ってしまった。妹を守れなかった。ごめん。

キリルは口の中で、母が呼んでいたアレの名を呟いた。しかし、それは音にはならなかった。

皇帝が名を付けることを拒んだのだ。それに逆らうことはできない。

父上に知らせたら殺せと命じるだろう。殺すのか？　誰が？

　キリルは騎士団長を見上げた。

「あの子はだれだと思う？」

　騎士団長はキリルの視線を受けて、至極真面目な顔をして答えた。

「報告によりますと天使です。そしてあの猫は……ナンラン国にいるという伝説の炎虎の仔《こ》かと」

「金龍に炎虎……」

　キリルは考え込んだ。少なくとも伝説の神獣二匹と一緒の幼女だ。おかしなことはしないほうが良いだろう。

　騎士団長にしてみれば、アレをアレと認めることは避けたかった。アレでなければ、捕らえる必要もない。発見した兵士たちも同じ気持ちで、あえて「天使」と報告したのだ。

今日は父もいない。それに、後宮を管理する女官長もいない。運が良かった。それともこれも金龍のお導きなのか……。だとしたら、私がすべきことは決まった。

キリルはそう思い肩から力を抜いた。

「天使……」

キリルは復唱した。確かに天使だ。母もそう呼んでいた。それにあんな可愛らしい生き物は人でないに違いない。

「あの子は、お前にも天使に見えるか？」

「私にも天使に見えます」

コクコクと騎士団長は真剣な顔をして頷いた。

「うん。あの子は天使だ」

キリルはそう断言した。

「ならば、罪に問うこともない」

キリルの判断に騎士団長はホッとした。

もちろんふたりとも本気で天使だと思っているわけではない。だが、「天使」ということにしてしまえば、処罰をせずに済む。暗黙の了解だ。

キリルは、音を立てずに金龍へ向かって歩いていった。

気配を感じた金龍が、尻尾を固くした。二本の角がキリルのほうを向く。黒い瞳が見定めるようにキリルたちを見た。

皇宮騎士団長は膝をついて礼をする。ふたりを見て敵意がないと判断したのか、金龍は警戒を解いて、見せつけるようにアレの頭を撫でた。

キリルはそっとアレに近づいて、桃のような頬に手を伸ばした。

本当に天使じゃないのか？　存在してるのか？

触れようとしたその瞬間、パシリと金龍が尻尾を地面に叩きつけた。威嚇である。

キリルは驚いて手を引っ込める。アレも驚いて目を覚ました。

アイスブルーの瞳と空色の瞳が交わる。四つの虹色の光彩がキラキラと輝いた。

「っ⁉」

アレは驚いて金龍の背中に飛び乗った。リュウホもそれに続く。

「天使様！」

キリルは縋《すが》るように手を伸ばし声をかける。

金龍はそれを無視して飛び立った。

「お待ちください。天使様！」

キリルの声はむなしく空に消えていった。

残されたのは本が三冊と標樹の葉だ。キリルはそれらを拾い上げた。三歳児が読むには難しい本。標樹の葉には、メモのような文字が書いてある。キリルは騎士団長に黙ってそれらを見せた。

騎士団長は困惑を隠せない。どう考えても三歳児のすることとは思えなかった。

「これは……」

キリルは頷く。眠らせるには惜しい才能だ。

「まず、皇宮に金龍が現れたことを公表する。吉祥の印だ。陛下には金龍と炎虎と天使の存在を知らせる」

「は」

「そして天使を保護する」

「保護するのですか⁉」

キリルはギュッと拳を作った。

「見ただろう？　あの質素な服装を。知らなかったとはいえ可哀想なことをした。女官長は信頼できるが規則に厳格だから、悪意はなくともあのようになったのだろう」

キリルはミオンを疑ってはいなかった。ただ、父の命令に従っていると思っていたのだ。騎士もアレの哀れな姿を見て、さすがに不憫に感じた。

「私は勘違いしていたようだ。彼女は父の目の届かぬところで自由に過ごしていると思っていた。だから心配せずとも良いと思っていたのだ。しかし、あの姿……。きっと苦労をしていたに違いない」

キリルは今までの自分を悔いた。

キリルは母を失ってから、親の愛を受けることはなかった。母を亡くした父は、感情を凍らせ、誰にも心を開かなかったからだ。父に振り向いてほしいと、帝王学を学び、厳しいしつけを受けていた。自由とはほど遠い場所にいた彼は、父のもとから逃れ乳母の愛に守られている妹に嫉妬すらしていたのだ。

　しかし、皇女とは思えない扱いを受けている幼い妹を見て、彼女のほうがずっと苦しい思いをしていたことに気がついた。

「あんなに小さい子どもに辛い思いをさせてしまった。今からでも罪滅ぼしをしたい」

「は」

「天使だからな」

「はい、天使ですからね」

　ふたりは小さく笑った。


「あー、びっくりした、心臓がバクバクしてるわ」

　龍の背中でアレが胸を押さえている。リュウホはアレをペロペロと舐めた。落ち着かせようとしてくれているのだろう。

「なにをそんなに驚く？」

「寝起きにあんなに格好良い子、びっくりするでしょう？」

「格好良い？　お前の兄だろう？　あの生意気な顔、父親にそっくりだ」

（そうだ、別に格好良くはない！）

　金龍の言葉に、リュウホが唸る。

　アレは二度のループを経ても兄を見たことがなかったのだ。北斗苑にいた頃は、外界と遮断されていた。北斗苑を逃げ出したあとはクーデターのせいで兄も父も殺されており、顔を見ることはかなわなかったのだ。

「え？　今の皇太子殿下？　あああ、どうしよう、捕まるかしら？　殺される？」

「まさか、お前は天使なんだそうだ」

「天使⁉」

「皇女だと認めたら処罰せねばならんからな。お前は天使だということにしたらしい」

「……助かったのかしら？　助けてくれたのよね？」

「せいぜい天使らしく振る舞えよ」

金龍はおかしそうに喉を鳴らして笑った。

◇◇◇

　アレは土蔵に帰ってから、慌てて葛籠箪笥の中に、ほかにも礼儀作法の本がないか探した。今後もうっかり皇族に出会ってしまう可能性がある。その場合に備えて、急ぎジンロン帝国の有職故実を勉強しなければならないと思ったのだ。

　とりあえず、龍と皇帝に関する礼儀だけでも見つけなくちゃ、殺されちゃう！

　金龍の怒りに触れ、アレは礼儀作法の重要性を実感した。

　きっと、皇帝の前で失敗したら、そのまま処分を受けるんだわ。

　すると、葛籠箪笥に納められていた古い本が、仄《ほの》かに輝いた。アレはその本を開いてみて頭を抱えた。以前葛籠箪笥からもらった本には載っていなかった礼儀作法が、びっしりと書き込まれている。

　こんなに難しい礼儀があったの？　急いでちゃんと覚えよう！

　難しい顔をして木札を使って古い本とにらめっこするアレの膝に、リュウホは乗り上がった。そして、本に覆《おお》い被《かぶ》さり邪魔をする。

（つまんない）

「リュウホ、ちょっとがまんして」

（ナデナデしろ）

「でも本が」

（俺の背中に本を置いていいから、ナデナデしろ）

「リュウホって、さびしんぼ？」

　アレは甘えられて嬉しくなる。人から頼りにされる経験が少なかったからだ。必要とされるのが嬉しいのだ。

（さびしんぼ？）

　不愉快そうに耳をひくつかせるリュウホ。そしてアレのお腹に頭突きをした。

「いたい！」

（さびしんぼはお前だろ？　だから俺が甘えてやってるんだ）

　アレは諦めてリュウホの背に本を置き、リュウホを撫でながら勉強することにした。

（俺の背中を書見台《しょけんだい》に使うなんて、どんな姫でもできないんだからな！）

「うん、そうね」

アレは笑ってリュウホの額を撫でた。リュウホはうっとりと目を細める。

（わかればいい）

リュウホはそう言って静かになった。


その翌日。

アレは老騎士とともに北斗苑の木陰に隠れ息を潜めている。リュウホももちろん一緒である。

皇太子キリルが護衛騎士を連れて北斗苑の中を歩き回っているのだ。キリルはミオンが不在のうちになんとしてもアレを保護したいと考えていた。

護衛騎士たちは大きな声で呼びかけている。

「皇宮は天使様のご降臨を喜んでおられます」

「我々も天使様には手を出さないよう命じられました」

「天使様は吉兆の証し」

「皇太子殿下も待ちわびていらっしゃいます」

……。なんの罠？

アレは頭を悩ませる。せっかく金龍に本を持ち出してもらったのに、あのまま置いてきてしまった。結局、目的を果たせなかったのだ。もう一度図書館へ行かねばならない。そう思っていた矢先のことである。

老騎士もキリルの意図がわからず困惑していた。なにしろ、皇帝の目に触れたら処刑されると言われてきたのだ。相手が皇太子でも同じだと思っていた。だからなにがあっても皇族には会わせないよう守ってきたのだ。

アレはダラダラと汗をかいた。

昨日の件で探しに来たの？　どうしよう、処罰を受ける？

昨日、図書館へ行ったことは老騎士たちには秘密だった。北斗苑にも金龍の噂は流れてきていたものの、子どもと猫の情報まではきていなかった。それでアレは油断していたのだ。

「天使様～！」

「天使様、どこにいらっしゃいますか？」

キリルとともにやってきた騎士たちが、北斗苑の中で声をかけて探し回る。

「天使様とは、姫様のことですよね？」

アレを守る老騎士がアレに尋ねる。アレは顔を真っ赤にし、目を逸らした。

「し、しらない……」

（お前のことだろ？　昨日、そう呼んでた）

リュウホが突っ込む。

「北斗苑で天使と間違えられるような方は姫様しかいないと思いますが」

老騎士が真面目な顔をしてアレに言う。

そんなばかな。天使とか、そんなわけないでしょう！

アレは恥ずかしさのあまり顔を覆った。

「天使様〜！」

「白いワンピースの天使様はいずこだ」

「天使様、お姿を見せてください」

騎士たちは声を張り上げる。

キリルは小さくため息をついた。

「私の可愛い天使はどこへ行ったんだ？　怖くないから出ておいで？」

（ばーか！　お前のじゃねーよ！　な？　天使）

リュウホが少し不機嫌そうにアレの背中を尻尾で叩いた。

やめて、恥ずかしいわ。

アレは震えながら膝に頭をつけた。

そこへ騒ぎを聞きつけたマルファがやってきた。

「久しぶりだな。マルファ。ずっと会いたかった」

マルファはアレが生まれる前まではキリルの乳母だったのだ。キリルは恋しそうに目を細めた。

マルファも喜びで目を細める。

「私もお会いしとうございました。しかし、こちらに来た者が会いにいっては迷惑が及ぶと思い」

「そうか、妹を選び私は捨てられたのかと思っていた」

「まさか！」

マルファが顔を青ざめさせる。キリルはそれを見てホッとして笑った。ミオンから「マルファには殿下とアレのどちらが良いか聞いたところ、アレが良いと言った」と聞かされていたが、違っていたことがハッキリした。マルファは朴訥《ぼくとつ》で嘘がつけないのだ。

今までモヤモヤとしていた胸のつかえがおりていく。

「キリル様、このようなところへなんのご用です。このような場に来たことが皇帝陛下に知られてはお咎めがあります。早くお戻りください」

マルファは切実な顔をして、キリルを心配した。キリルの乳母だった頃とは違い、お仕着せの女官服ではない。粗末な服だ。荒れた手は自ら宮女のような仕事をしているのだと想像できた。キリルの側にいたときよりも厳しい仕事をさせられていることが一目瞭然だった。

少し前まではマルファを連れていった妹をうらやんでいた。しかし、昨日、実際の妹を見て、疑問が溢れてきた。ミオンから聞かされていた現状と違う気がしたのだ。ミオンからは、妹は北斗苑に別棟を与えられ、マルファと自由気ままに暮らしていると聞いていた。厳しい教育も受けずに、マルファの愛を独占している妹が妬《ねた》ましかったのだ。

しかし、実際に見た妹は皇族とは思えないほど質素な素材の服を着ていた。北斗苑はうち捨てられたように荒れ果てて、別棟らしきものは見当たらない。あるのは昔の皇女が幽閉されていた不吉な土蔵だけだ。幸せだと聞いていたマルファも疲れているように見えた。

見に来て良かった。ミオンは私に配慮して嘘をついていたのだろうか？　私が思っていた様子と違う。

「皇太子殿下は天使を迎えにきたのだ」

　護衛騎士がマルファに告げた。マルファは意味がわからず動揺する。

「天使とはどういう意味でございましょう」

「ここには幼女がいるだろう。その者のことだ」

「皇帝陛下が姫様を……お望みなのですか？」

　マルファはさすがに「殺す気か」とは言えず、縋るようにキリルを見た。マルファはキリルの乳母だった。その後はアレの乳母となったが、キリルへの愛情はそのままだ。ふたりとも我が子のように慈《いつく》しんできた。会ったことはなくとも、アレとキリルは兄弟で、兄に妹を殺す手引きをさせるのはさすがに胸が痛む。

　キリルはマルファを安心させるように微笑んだ。

「父はいない。それに私が望むのは天使だ。わかるか？　わざわざここへ出向き、あの子を天使と呼ぶ意味が。母も天使と呼んでいただろう」

　マルファはパッと笑顔になった。

　皇后様は姫様がお腹にいる頃に名前を付けていらした。確かにユール国では『天使』という意味だった。それを覚えていてくれたなんて……。

　マルファは目頭を押さえた。皇后が呼んだアレの名を覚えているのは自分だけだと思っていたからだ。そして、キリルは自分が乳母をしていた頃から変わらない優しさを持ち続けていると確信した。

「では、キリル様が」

　キリルは静かに頷いた。

「父が戻るまでに整えたいと思っている。あの年で難しい本も読めるのだろう？　父も臣下として惜しいと思うかもしれない。もう喪も明けたのだから」

　キリルがそう言うとマルファは頷いた。

　ミオン様が姫様を虐待している疑いがある今、このまま隠れていても明るい未来はない。ケーキの件といい、猫の件といい、ミオン様は姫様を処刑する理由を探している気がする。だとしたら、守れるのはキリル様しかいない。

「姫様、出てきてください」

　マルファもアレに向かって声をかける。

　アレはリュウホを見た。

（出ていけば？　マルファのことは信じられるんだろ？）

　リュウホの言葉を聞いて、アレは老騎士を見た。

「いってもだいじょーぶ？」

「姫様。皇太子殿下は優しいお方です。無体なことはされないでしょう」

（だーかーらー！　お前は俺が守ってやるから心配ない！）

リュウホが尻尾でアレの背中を叩いた。勇気づけてくれているのだ。

（さあ、俺の背中に乗れ！）

リュウホはそう言ってアレの前にお座りした。アレはキュンとする。

リュウホったら、かっこいい！

実際、皇宮の護衛騎士の前でリュウホは無力だろう。それでも、その気持ちが嬉しかった。

逃げ隠れしていても運命は変わらない。それは前の人生で嫌というほど身にしみた。

行こう！　リュウホとだったら大丈夫！　ここで皇太子に認められれば、生き延びるチャンスが増える。

大きく深呼吸して決意する。

「うん、行ってみる！」

アレはリュウホの背中にまたがり、林の奥からマルファの隣に並んだ。

「天使様です」

マルファがそう紹介し、アレは戸惑った。

恥ずかしくて否定したい！　けど、きっと私が『天使』だから皇太子は会いに来た、ということよね？

なにを言って良いのかわからずに、とりあえずリュウホから下りた。モジモジと皇太子を見上げる。

キリルは幼い妹を見て、思わずふらついた。口元を押さえる。変な声が出そうだった。

思った以上に、可愛い。やっぱり母上と同じ瞳だ。

懐かしさと恋しさが溢れてきて、胸が押しつぶされそうになる。

「天使様……」

キリルがとても優しげに呼びかけたので、アレは戸惑った。

なんて、言えば……。皇太子殿下？　お兄様？　ここで嫌われたら終わりよね？　マルファ、紹介して？　なんて呼んで良いかわからないから！

「天使様、この方はジンロン帝国の若き龍、キリル皇太子殿下です」

マルファの言葉にホッとして、アレはキリルを見た。

よし、皇太子殿下として挨拶しよう。

ソロソロとキリルの前に出て跪き、両手をついて地面に三度頭を打ち付けた。そうして立ち上がり、同じ動作を三度繰り返したのちに立ち上がり、アレは礼をした。

昨夜覚えたばかりの皇帝に対する礼である。

「あまくものかずちのうえよりたまいし、てんていのけつみゃく。きんのうろこのもちぬし。ジンロンていこくのわかきりゅう、キリルこうたいしでんかにてんうのめぐみあれ」

葛籠箪笥の本に書かれていた礼の仕方だもん。間違ってはいないはず！

キリルは言葉を失ったようにアレを見つめている。

こんな、小さな子……、しかも妹が、三跪九叩《さんききゅうこう》の礼をするほど私を恐れているのか。

三跪九叩の礼は、ジンロン帝国の皇族へ恭順《きょうじゅん》を示すための最上級の礼だ。しかし、土下座と同じ礼の仕方は屈辱的で、他国の使節などと軋轢《あつれき》を生むことがある。現皇帝フェイロンは、無益な争いを生む三跪九叩の礼を無駄だと断じ廃した。土下座などで示さなくても、フェイロンの力は強大だったからだ。

「こうたいしでんか？」

アレが声をかけると、ハッとして我に返った。

「それは、先代の皇帝まで使われていた古式の礼法だ。私は五歳で皇族に認められてから、知識として覚えたことだが、すでにしつけたのか？」

キリルは泣き出しそうな顔でマルファを見た。

「いえ、私はなにも……。そもそも私はジンロン帝国の有職故実には詳しくなく、キリル様にも専属の教師をお願いしました。どこでお聞きになったのか……」

マルファは戸惑う。アレも戸惑った。

え⁉　今は使われていない礼法だったの？　それとも皇太子殿下にする必要はなかったの？

キリルはかがみ込み、アレに視線を合わせた。

「天使様、天上の者が地上の者にそんなことをしてはいけない」

キリルに窘《たしな》められて、アレは顔を青ざめさせた。

失敗した……。マルファも処分される？

「おゆるしください、こうたいしでんか。どうかマルファをしからないで」

アレは泣きそうな顔でキリルに縋った。

マルファは穏やかに笑っている。

「兄様と……」

キリルが頬を赤らめて言った。

「はい？」

思わず問い直すアレ。

「私のことは『兄様』と呼んで」

え⁉　いいの？　妹だとバレたらダメなんじゃないの？　え？

アレはマルファを見た。マルファは小さく頷く。

アレはとりあえず考えることを放棄した。そもそも、皇太子に逆らえるはずもない。

「……にいたま？」

噛んでしまった！　三歳児、滑舌悪すぎる！

アレは慌てて言い直そうとした。顔が真っ赤になる。耳まで熱い。

「あ、に、にいた、さま」

「そう、にいたま、にいたまだよ！」

キリルは満面の笑みでアレを抱き上げた。

え⁉　にいたまでいいの？　兄様じゃなく？

「私の天使、私は君の『にいたま』だよ！」

（け‼）

キリルのダメ押しに、リュウホが呆れたように呟いた。

「さぁ、今日から私の部屋においで、私の天使」

「マルファは？　リュウホは？」

アレは慌てた。キリルはマルファを見た。

「マルファ、すまない。まだ父の許可は得ていないんだ。ゆくゆくはお前を呼び寄せたいが、今は……」

「ええ、ええ、わかっております。キリル様の好きになさいませ。私は殿下と姫様が幸せであれば良いのです。困ったことがあればなんでもマルファにお命じください」

「すまない」

「皇帝陛下の凍りついたお心も、おふたりであれば溶かせると信じております」

マルファは涙を浮かべつつ微笑んだ。

キリルはアレを見た。

「猫の寝床も用意した」

「リュウホもいっしょ？」

「ああ、リュウホも一緒だよ」

（ダメでもついていくけどな！）

リュウホは不機嫌そうにそう言って、キリルの足を踏みつけた。そして、キリルを睨み上げフウと威嚇する。

（お前は俺の背中に乗れ‼）

そう言ってアレを睨む。アレは少しおかしかった。

「にいたま、おろして？」

キリルは少し困ったような顔をした。やっと抱くことができた妹である。あっさり手放したくはない。

「私の部屋は遠いんだ。天使には歩けないよ」

「リュウホにのるからだいじょうぶ！」

「でも……」

キリルはアレを抱きしめる腕に力を込め、リュウホを睨む。リュウホもキリルを睨み返す。一触即発の雰囲気になった。

どうしてこうなった？

アレはキリルの腕の中で戸惑いつつ、酒場のミンミンを思い出していた。酒場のミンミンはいつも人気で、取り合いがよく起きていた。それでもミンミンは上手く収めていたからだ。

食らえ！　必殺ミンミンちゃんの『おねだり！』

アレはキリルをジッと見つめた。キリルはアレの視線に気がついて、トロリと目を細める。

「にいたま、だめ？」

アレはコテンと小首をかしげる。キリルは、ハゥと息をついた。

「リュウホといっしょじゃなきゃ、いくのいやよ」

アレがウルウルとキリルを見れば、キリルは顔を真っ赤にして唇を震わせた。

「キリル様、姫様にしたら殿下は初めて見る方です。不安になられているのでは？」

マルファの言葉にキリルは頷いた。

「ごめんね、天使。すべて君の望むようにするよ」

キリルはそう言ってアレを地面に下ろした。しかし名残惜しそうに、よしよしと髪を撫でる。

アレはうっとりと目を細めた。

するとリュウホがキリルの手を尻尾で叩いた。

（なれなれしく触るな！）

「リュウホ、だめよ」

（なんだよ！　お前はこの男がいいのか⁉　ナデナデされたいのか⁉）

「？　リュウホ、変よ？」

（変じゃない！　俺だって、本当はナデナデできるんだからな！）

アレはおかしくて笑った。リュウホにとってナデナデは重要事項らしい。

「リュウホは天使を乗せないのか？　だったら私が……」

キリルがそう言ってもう一度アレを抱き上げようとした瞬間、リュウホは牙を剥いてガウと吠《ほ》えた。

（こいつに触るな‼）

リュウホはそう言うとアレの襟を噛み、キリルの前からブランと奪い返し、さっと自分の後ろに隠した。

乱暴に見えるやり方にキリルはカッとなったが、アレは慣れているのか楽しげにキャッキャと喜ぶ。

（ほら！　早く乗れ‼）

「うん、リュウホ、大好きよ」

アレはそう言うとリュウホの首に手を回し、背中に抱きつく。ギュッと抱きついたところを確認すると、リュウホはゆっくりと立ち上がった。アレはリュウホの背中で起き上がる。

リュウホの背中は大きくて、安定してるから好き。

フワフワと音もなく歩く猫の背中は、まるで雲に乗っているかのように快適なのだ。リュウホはアレを背中に乗せて、得意そうに鼻を鳴らした。

それを見てキリルは少し気分が悪い。

「では、行くぞ」

連れてきた護衛騎士たちに声をかけ、キリルは北斗苑をあとにした。

皇太子キリルの後ろを、オレンジ色の虎に見まごう猫が堂々と歩いていく。その猫の背には、ピンク色の髪の幼女がまたがっていた。幼女の服はジンロン帝国の着物ではなく、皇后の祖国ユールのワンピースである。

はじめは呆気にとられていた宮人たちも我に返って慌てだした。皇帝から名付けられなかった、アレと呼ばれる姫だとわかったからだ。

皇太子だけならば、恭《うやうや》しく跪く。アレだけなら捕まえ北斗苑に戻してしまえばいい。しかし、ふたり一緒に、しかも皇太子の護衛に囲まれて歩いていくのだ。宮人たちは戸惑い、とりあえずアレを見ないふりをして、皇太子キリルに跪いた。

「天使様をお迎えした。天使様は私の客人だ。丁寧にもてなすように」

キリルは一言告げる。

宮人たちは、ハハッと頭を下げた。この一言で、アレは『天使』だと押しとおされることになった。

兄様、すごいわ……。皇太子が黒と言えば、白も黒になるのね。

アレが驚いていると、リュウホが言った。

(ほら、天使様、天使らしくしろって金龍が言ってただろ?)

リュウホの言葉にハッとして、アレは宮人たちをクルリと見回した。そして、ニコリと微笑んでみた。

宮人の数人が胸を押さえて、息を呑む。

「まさに、天使さまっ」

やめて、皇太子に忖度《そんたく》するのやめて。

宮人たちの大げさな言葉が、アレには恥ずかしくてしかたがない。貼りつけた笑顔が引きつりそうになってくる。

「とりあえずは私の部屋に連れてゆく。休暇中の女官長の手を煩《わずら》わせるまでもない。知らせは不要だ」

キリルはそう言い切って歩き出した。リュウホも後ろを偉そうな顔をしてついていく。アレはとりあえず、バイバイをしてみた。その瞬間、騎士や宮人たちがどよめいて、中には膝をついた者までいた。アレはその様子からサッと目を逸らし、見なかったことにした。

到着した北辰宮のキリルの部屋には、たくさんの食べ物が用意されていた。土蔵では見たことのない美しいお菓子や、他国の果物。湯気の立った蒸し器からは良い香りが漂ってくる。

アレのお腹がグウと鳴って、キリルは少し悲しげに微笑んだ。

「天使のために用意したんだ。好きなものを食べてね」

「はい。リュウホにもいすをよういしてもいいですか？」

キリルは一瞬戸惑った。皇族が猫と机を一緒にするとは聞いたことがない。

「リュウホはとくべつなねこなんです。ひとといっしょじゃないとだめなんです」

アレが慌てて付け加えると、キリルは少し考えた。

「リュウホは、炎虎の子どもなのかな？」

キリルはリュウホに尋ねた。リュウホは不機嫌そうにガウと吠える。

（だったらなんだよっ！）

アレがリュウホの言葉を通訳する。

「そうです」

（そうです、なんて言ってねー！）

「え？　ほんとうにそうなの⁉　ねこちゃんじゃないの？」

アレは通訳しつつ驚く。確かに、宮女は炎虎の可能性を話していたが、遠い国の、しかも伝説の聖獣だ。アレは冗談だと思って、聞き流していたのだ。

（ねこちゃん……じゃ、ねーなら、なんだよ……）

リュウホはムスっと答えた。

「えんこ、ってとら？　もっと大きくなるの？　かっこいい！」

アレはリュウホをギュッと抱きしめた。

（ま。まぁな）

リュウホは顔を赤らめた。

「そうか、ナンラン国の聖獣であれば丁寧にもてなさなければね」

キリルはそう言うとリュウホの席を用意した。

（ふんっ！）

リュウホは鼻を鳴らして、用意された椅子に上った。アレは微笑ましく思いながらリュウホの隣の椅子に座る。

キリルはアレの隣に座って、アレが食べやすいように、あえてくだけた様子で桃まんじゅうを頬張ってみせた。

「おいしいよ。食べてごらん？」

アレはコクリと頷くと、桃まんじゅうを食べようとした。

しかし、それをリュウホが横から顔を寄せクンクンと匂いを嗅ぎ、ガブリと半分ほど食べてしまった。

「リュウホ！」

（毒はない。安心して食え）

リュウホの言葉にアレは驚いた。毒が入れられているなどと、アレはまったく考えていなかったからだ。

「だめよ、リュウホ。わたしのためにそういうのは」

（俺は鼻がいい。毒がないことはわかっていたし、そもそも毒が効きにくい）

リュウホの言葉を聞いてアレはホッとした。それでも、自分のためにリュウホが体を張るのは嫌だった。

「リュウホ、においだけにして？　わたしのためにぎせいにならないで」

（炎虎は特別なんだ。人の毒なんか効かない）

「でも心配よ」

アレが言えば、リュウホはツンとそっぽを向いた。

「もしかして、リュウホが毒味をしたの？」

キリルの声にアレはハッとした。皇族を疑うなど、不敬で怒られると思い慌てて頭を下げる。

「こうたいしでんか！　しゅ、すみません！」

「にいたま！　だよ」

キリルは笑ってアレの言葉を制した。

「おこってないよ、おこらないよ、だから、心配しなくていい」

キリルは少し悲しかったのだ。自分の行動に過敏に反応し、すぐに謝ろうとするアレの姿が痛々しかった。

きっと今までそうやって生きてきたのだ。マルファと騎士とは信頼関係ができていた。だから、こうさせるのはそれ以外の人物だろう。……まさか、ミオンか？

ミオンは女官としてとても優秀だ。いつでも冷静で公平、慈悲深い人間で頭の回転も良い。皇后亡き今、周囲からは皇妃になるべきとの声も上がっている。

キリル自身もミオンであればそれも良いと思っていた。ミオンはキリルにとても優しかったからだ。しかし、肝心の皇帝は皇后以外を妃と認めない姿勢を崩さなかった。

キリルは頭を振って、その疑いを払った。

ミオンがこんなに可愛い子どもに手を上げるとは考えられない。ほかの宮女だったのだろうか。あとできちんと調べなければ。まずは私が信頼されないといけないな。

キリルは考えつつ、アレを怖がらせないように静かに尋ねる。

「天使は炎虎の言葉がわかるの？」

アレはリュウホをチラリと見る。リュウホはツンとそっぽを向いている。リュウホの声が、アレにだけ聞こえることはふたりだけの秘密だった。

「なんとなく……きもちがわかるの。へん、ですか？」

アレがオズオズと答えれば、キリルは頷いて微笑んだ。

「そう、さすがに天使様だね、素敵だと思うよ」

キリルの言葉にアレはホッとした。アレはミオンからことごとく否定されてきたのだ。なにができるようになっても、遅い、当たり前と鼻で笑われ、なにか特別なことができれば、変だ、魔物だと言われてきた。キリルが当たり前のように認めてくれたことが、信じられず嬉しい。

「さぁ、半分食べられちゃったから、私の分を半分あげよう」

キリルは自分が食べていた桃まんじゅうを半分に割って大きいほうをアレに手渡した。

「温かいうちにお食べ」

キリルの言葉にアレは頷く。そしてキリルから受け取った桃まんじゅうにかぶりついた。

「おいしい‼」

「よかった」

キリルが微笑んで、リュウホは不機嫌に耳をピクピク動かした。

すっかりお腹がいっぱいになったところで、キリルはアレとリュウホに風呂へ入ることを勧めた。リュウホは思いっきり威嚇して、宮女たちを寄せつけず、風呂に入るのを拒絶した。

アレは喜んで宮女についていく。いままでは温かい湯船に浸《つ》かることはできなかったからだ。土蔵ではお湯を用意するのが大変で、髪を洗い、体を拭くくらいしかできなかった。

「どちらの香油になさいます？　お好きな香りをお選びください」

キリルの専属の侍女が、香油の瓶を開けて香りを確かめさせてくれる。キリルはもっとも信頼している侍女をアレにつけたのだ。

「……これを」

「標樹の香油ですね」

アレはそのうちのひとつを選ぶ。魔法文字を教えてくれた騎士と同じ香りのものを選んだのだ。

侍女は驚いたような顔をして笑った。

「なあに？」

「いえ、皇太子殿下もお好きな香りでしたので、好みも似ていらっしゃるのだなと」

「にいたまも？」

「ええ、皇帝陛下が皇后陛下に作られた香油です」

アレは少し気まずい気分になった。どう考えても自分が使って良いとは思えなかった。

「あの、やっぱり」

「申し訳ございません。余計なことをお話ししました」

侍女は慌てて頭を下げた。

「キリル殿下からはすべて天使様のお望みどおりにと命じられております。どうか、聞かなかったことにしてくださいませ」

アレはとりあえず話題を変えることにした。香油の件は、次回があったらそのとき変更すれば良いと思ったのだ。

「ほかにもにてる？」

「ええ、おちいさいときの殿下によく似てらっしゃいますよ。髪のウエーブなどは本当によく似ておいでです」

「そうなんだ」

アレは不思議な気持ちになる。なんだか、心の奥がくすぐったかった。初めて会った兄。髪の色も目の色も違う。似ていると思えない。それなのに他人から見れば似ているように見えるのが不思議だった。

本当に、兄弟なんだ……。

血縁には縁がないとずっと諦めて生きてきた。一度目のループで、皇宮から逃げ出したとき、父と兄が惨殺《ざんさつ》されたと聞いてもなんの感情も湧かなかった。逆にスッキリしたくらいだった。

その後、酒場でミンミンと暮らしつつ、家族や仲間とのあり方を知るようになってから、血の繋がった家族にそう思ってしまった自分が怖くなった。そんな自分が家族を求める資格などないと思っていた。

でも、実際に会った兄様は優しく手を差し伸べてくれた。

香油の入れられた湯船に浸かり、顔を洗う。お湯の温かさが心にしみて、不思議と涙が溢れてきたのだ。

「天使様？」

「なんでもない」

「……髪を洗いましょうね」

「うん」

「お体にクリームも」

「うん」

「綺麗にして殿下に見ていただきましょう？」

「……うん」

侍女は隠れるようにしてポロポロと涙を流すアレを見て、胸が苦しくなった。

細い体、傷んだ髪、乾いた肌に、弱々しい爪。幼い子でありながら、手をかけられてこなかったことが一目でわかる。皇太子と似ているがゆえに、その生活の差が明らかだ。侍女は、アレの傷んだ髪を丁寧に洗った。そのとき、アレの耳の後ろに薄い金の鱗を見て息を呑んだ。皇位継承権の証し『逆鱗』がある。

この年でこの逆鱗。間違いなくこの方は生まれながら皇女なのだわ。それなのに、こんなに苦労をされて……。

労《ねぎら》ってあげたいと侍女は思い、丁寧に丁寧にアレの体を磨きあげた。

サッパリとしたアレはクローゼットルームにとおされた。すでにリュウホもとおされている。見たこともない豪華な服がたくさん並んでいる。ジンロン帝国の伝統的な服から、ナンラン国風の服、ユール国風のものまでそろっている。ジンロン帝国の皇太子だからできたのだろう。

「わぁぁぁ！」

下着姿のままのアレは目を輝かせ、豪華な服に駆け寄った。

「すべてキリル殿下が天使様のために用意したものです。時間がなく既製品のためサイズが合わないかもしれませんが」

アレはブンブンと頭を振った。今までだってサイズがぴったりな服が用意されたことはなかった。マルファが悪いわけではない。少ない予算でやりくりするためには、大きめなサイズを長く着るしかなかったのだ。子どもの成長は早い。

アレは水色のドレスを見て目を輝かせた。

キリルの瞳を思わせるサックスブルーの詰め襟ワンピースだ。身ごろには紺色の紐《ひも》ボタンが四段並んでいる。ワンピースのウエストあたりから切り込みが入り、スカートは剣のようにとがった形で六枚に分かれ、白いレースのアンダースカートが切り込みから見えている。ワンピースには銀色の糸でシャクヤクの花が刺繍されていた。

「きれい！」

白ではない服。たくさんのフリルに刺繍、とても綺麗で豪華だった。

アレは触れようとして、手を止めた。触ったら汚してしまうと思ったのだ。

「天使様、どうされました」

「え、と、あの、こんなにすてきなふく、きれません。もっとふつうの、ありますか」

侍女は優しく微笑んだ。皇女であればこの程度普通なのだ。

「天使様ならこちらが普通です」

「でも、よごしちゃう」

「汚しても良いのですよ」

「でも、あらうのすごくたいへん」

侍女はモジモジと答えるアレを見て不憫に思った。まだ三歳なのだ。それなのに洗濯の心配をする幼女が痛々しかった。

「洗濯係の仕事を奪ってはいけません」

侍女がニッコリと笑い、アレはオズオズとドレスに手を伸ばした。

「これにします」

指先にドレスが触れた。今まで触ったことのないツヤツヤとした布は上質な絹だ。麻や木綿しか着たことのなかったアレはそれだけでも心躍った。

「ではお着替えいたしましょう」

侍女はテキパキと着替えさせ始めた。髪を結い、造花の髪飾りを付ける。白いシャクヤクだ。

リュウホはつまらなそうに部屋の片隅であくびをしていた。すべて着替えを終えると、アレはトテテテとリュウホの前に駆けていった。

「リュウホ」

リュウホは怠《だる》そうに目を開けた。前足で顔を洗う。そしてアレを見て、ユルユルと目を見開いた。

（……天使）

思わずそう呟いて、リュウホは慌てて口を押さえた。アレはエヘヘと嬉しそうに笑う。リュウホは目を逸らして続けた。

（うん、まぁ、それなら天使に見える）

「ありがと」

アレはそう言って寝転んでいるリュウホにギュッとしがみついた。

（おい、毛がつくぞ。その服好きなんだろ？）

「いいの！　リュウホのほうが好きだから」

アレが言えばリュウホはベロリとアレの頬を舐めた。

（俺もお前が好き）

まるで子猫同士のようにコロコロとじゃれ合うふたりを宮女たちは微笑ましく眺めていた。

そのとき扉がノックされた。入ってきたのはキリルだ。キリルもユール国風のパンツスタイルに着替えていた。母が亡くなってからはジンロン国風の着物ばかり着ていたが、アレに疎外感を抱かせないよう配慮したのだ。

キリルは着替えたアレを見てデレリと頬を緩ませた。

「うん、かわいい」

アレはトトトとキリルの前に駆け寄った。

「にいたま、ありがとうございます」

キリルはお礼を言うアレをすぐさま抱き上げた。リュウホがグルと唸るが、キリルは無視を決め込む。

「かわいい」

もう一度そう言って、アレを見て、三度「かわいい」と呟いた。

アレは反応に困ってしまう。

「あの？」

「天使の部屋を案内するね」

そう言ってキリルはアレを抱いたまま歩き出した。

リュウホは、ワァワァと鳴きながらキリルの足下をグルグルと邪魔して歩く。

（下ろせよ！　下ろせー！）

「リュウホ、危ない。天使を落としたら困るだろう？」

キリルが窘めれば、リュウホはピタリと鳴くのを止め、渋々とキリルの横を歩いた。

（くっそ！　お前が下ろせばいいだけなのに！）

アレを抱いているキリルを襲うことはできない。

キリルはリュウホを流し目で見て笑った。

キリルがアレを連れてきたのは、キリル自身の部屋だった。自分の机の脇に、子供用の小さな机を用意させ、先日アレが忘れていった本もそこに積んでおいた。

赤い漆塗りの机には、螺鈿で虎が描かれていた。真新しい帳面と筆も用意してある。

「わ！　おおきいねこちゃん、リュウホみたい！」

アレが指させば、リュウホは机の上に手をつき、伸び上がって見る。

（俺のほうが格好良い）

リュウホは鼻を鳴らす。

「もしかして、これ、リュウホの？」

机の足下に置いてある黒い漆塗りのお櫃《ひつ》のような丸い箱には、蒔絵《まきえ》で金龍が施されていた。中には柔らかそうな布団も敷いてある。

キリルは頷いた。

「天使の護衛殿だからね。気に入ってもらえれば良いけれど」

（別に嬉しくないけど！　気に入るかわからないし！）

そう言いながらもまんざらでもない様子で、早速布団をフミフミとし始める。

「にいたま、ありがとう」

たった一晩でこんなに準備をしてくれるなんて……。いくら皇太子でも大変だったはず。アレは胸がいっぱいになった。皇帝の命《めい》に反して、アレを保護しようとするだけでも大変な決心が必要だったはずだ。

それなのに、リュウホのことまで手厚く迎え入れる準備をしてくれたんだ……。

あくまでアレの気持ちを優先しようと考えてくれたのがわかる。涙が零れそうになる。どうやって感謝を伝えて良いかわからずに、ギュッとキリルの胸元を握りしめた。

「リュウホのことも、ほんとうにありがとう」

キリルはアレから潤んだ瞳を向けられて、キュンと胸が高鳴った。つたない一言だったが、それに誠心誠意が込められていることがわかった。

皇太子として、礼を言われることはそれなりにある。しかし大げさな美辞麗句《びじれいく》にうんざりしていたところだった。どんなに飾り立てられた言葉であっても、誰もキリルには感謝していない。キリルの持つ皇太子の力を利用したいだけだとわかるからだ。

こんなに嬉しい「ありがとう」は、母上が亡くなってから初めてだ。

キリルは思う。母がこの世を去ってから、父は変わってしまった。笑うこともなくなり、言葉少なくなった。周りへの関心もなくなり、皇帝としての職務だけをこなす空っぽの人形のようになってしまったのだ。

はじめはキリルも父の笑顔を取り戻そうと努力した。父に喜ばれるようにと、勉学も武術も頑張った。疲れた父を労《いたわ》るためにお茶の淹《い》れ方も学んだし、ときには道化を演じたりもした。それでも父はキリルに微笑まなかった。すべては母を奪って生まれてきたアレのせいだと、それなのにマルファに守られ悠々自適に暮らしているなど妬ましいと、そう思っていたのだ。

しかし、実際にアレに会ってみれば想像していた暮らしとは違った。

悠々自適とはかけ離れた粗末な家に服。小さく細い体。三歳児とは思えないほど萎縮し、殺されまいと必死に学んでいる。

同じ兄弟でありながら、皇宮でなにも知らずのうのうと暮らしていた自分が恥ずかしかった。父の愛は得られずとも、自分はなにも恐れることのない暮らしをしていたのだ。

私は恨まれてもしかたがないのに、この子は素直に「ありがとう」と言える。

キリルはアレの頭を抱え込むようにして、ギュッと抱きしめた。

「ううん、ごめんね、今まで気がつかなくてごめん」

アレはキリルの中で頭を振った。なぜだかわからないが涙が溢れてくる。

キリルは泣き出したアレに慌て、よしよしと頭を撫でる。幼子の小さな肩が震えている。オロオロとキリルが謝って、アレはブンブンと頭を振った。

「にいたま、わるくない、うれしいの」

アレは涙に濡れた顔を上げて、キリルに向かって微笑んだ。

キリルはその姿が健気《けなげ》で胸が苦しくなる。アレはそんなキリルの目尻にそっと指を伸ばした。

「だから、にいたま、なかないで？」

キリルはアレの言葉にハッと息をついた。

母上が亡くなってから、泣くことなんてなかった。私は今泣きそうな顔をしているのか。

キリルは、アレの手に自分の手を重ねた。

「天使がいてくれたら私は泣かないよ」

「なかない？」

「うん、なかない」

（いつまでやってんだ！　早く下りろ！　つまんない！　つまんない！）

リュウホが尻尾を床にタシタシと叩きつけながら、長く低い声でナーンナーンとしつこく鳴く。

「リュウホつまんないって」

アレが言えば、キリルは部屋の扉を開けた。扉の先は縁側のようになっており、その先に中庭があった。

「この庭は私の庭だから自由に遊んで良いよ」

そう言って、アレを中庭に下ろす。同時に侍女が美しい鞠《まり》を持ってきて、アレに手渡した。

「これでリュウホと遊ぶといい」

リュウホはキラキラとした刺繍の施された鞠に目をランランとさせた。

（べ、べつに、興味とかないし）

そう言いながら、フヨフヨと尻尾がうずいている。

「リュウホ、あそぼ」

（しかたないから遊んでやる）

キャアキャアと声を上げて遊ぶアレとリュウホの姿を、キリルは微笑ましく思い眺めていた。

そして、その夜、アレはキリルの寝室に案内された。

キリルは自分の寝室にアレとリュウホの寝台を用意させたのだ。

アレに部屋を用意することも考えたが、皇帝の許可を得ていない状態では、目の届かない場所は危険だと判断したのだ。皇帝の意志を汲《く》んで、アレを害そうとする者がいるかもしれない。

アレは用意された寝台に大人しく入った。真新しく柔らかい布団に満足する。そこへリュウホもちゃっかりと収まる。

「リュウホにも寝床は用意したよ！」

キリルがムッとして注意すれば、アレはリュウホをギュッと抱きしめた。

「ずっといっしょにねてたの、だめ？」

不安そうに尋ねるアレを見てしまえば、キリルに反対することはできない。

「〜〜！　しかたが……ないなぁ……」

キリルはため息をついた。

（ざまぁみろ！）

リュウホが優越感に浸った顔で、馬鹿にするようにキリルを見た。キリルにはリュウホの言葉はわからなかったが、馬鹿にされているのはわかった。

「私もいっしょに寝よう」

（はぁ⁉）

「にいたまもリュウホとねたい？　リュウホ、フワフワであったかいの！　にいたまはとくべつね！」

（そーじゃねーだろ⁉）

アレは人と一緒に寝るのが久々で嬉しくなる。

アレにとって、共寝をしたのはミンミンだけだった。ミンミンのお昼寝の寝かしつけ担当がアレだったのだ。たまに一緒に寝落ちしてしまったことを思い出す。心優しい酒場の主人は、それを咎めることはなかった。

「そうか、リュウホは温かいんだね」

天真爛漫《てんしんらんまん》に喜ぶアレを見て、キリルも心が温まる。リュウホは相変わらず不満げにナーナー言っている。

「はい、リュウホはここね」

アレはリュウホを中央に据《す》えた。リュウホを中心に、アレとキリルが左右に分かれる。

（は？）

「え？」

「おやすみなさい、にいたま」

キリルは釈然としないまま、部屋の明かりを消した。せっかく妹と眠れると思ったのに、隣にあるのは大きな虎の子の背中である。

どうしてこうなった？

キリルは長いため息を吐いてから、静かに目を瞑った。

アレはぬくぬくの布団に、大好きなリュウホと優しい兄がいることに幸せを感じた。そしてなぜか、ふと、魔法文字を教えてくれた騎士を思い出した。

あの人は戦場で寝てるのかな？　帰ってきて標樹に私が行かなかったら心配するかな？

ループ前の記憶によれば、この遠征は、のちに『五百日戦争』と呼ばれていた。皇后が亡くなったあと、初の遠征であり、フェイロンが皇帝となって初めて苦戦を強いられた戦いでもあった。

そして、この長引いた戦を契機にフェイロンは求心力を失っていったのだ。

ケガしてないかな？　無事に帰ってくるよね？

「えんせい、いつおわるのかな」

アレは思わず呟く。自分ばかり幸せで申し訳ない。

「みんな、はやくかえってくるといいな」

「心配ないよ。皇帝陛下は負けたことがないのだから」

キリルの答えにアレは頷いた。

戦いが終わったら標樹のもとへ行こう。話したいことがいっぱいあるから、手紙を書こう。

アレはめまぐるしかった一日にすっかり疲れていた。目をこすり、いつものようにリュウホの胸にすっぽり収まる。

リュウホは、嬉しそうにクスクス笑い、（俺がいるから安心しろ）と囁いた。アレはニッコリ微笑んでモフモフに顔を埋《うず》めた。

◇◇◇

皇帝フェイロンは無感情にミオンを眺めた。ミオンはフェイロンを眩しく仰ぎ見る。

フェイロンは左耳を隠すように左側の前髪を残し、銀色の長い髪を後ろで結わえていた。黒い甲冑《かっちゅう》の上に、金龍の刺繍が施された白い着物を羽織っている。脛当《すねあて》や籠手《こて》も着けたままだ。

フェイロンが陣を張っている場所は、ミオンの一族レアン族の領地トンフェンだった。トンフェンは魔族の国アンダと隣接しており、いざこざが絶えない場所である。昔から、トンフェンの中の有力部族は、ジンロン帝国とアンダ国を秤《はかり》にかけ、有利な方へ助けを求めるからだ。

ミオンは一族の領地であるトンフェンで敵陣と膠着《こうちゃく》状態が続いていると聞き、宿下がりとして休暇を取り、陣中見舞いと称して、フェイロンのもとへやってきたのだ。豪華な差し入れを伴ったミオンの陣中見舞いは、兵士たちの士気を上げた。そして、次の戦いが始まる前に、帝都へ帰るべく挨拶に来たところだった。

フェイロン皇帝陛下は戦う姿が一番美しい。

ミオンはそう思いつつ、フェイロンとの別れを惜しみ、長々とした挨拶を心を込めて伝えた。

心ここにあらずのフェイロンは、大げさだと聞き流し、剣の鞘に結びつけた粗末な布をもてあそんでいる。アレがおまじないを描いた端布である。偶然なのか、はたまた本当に効果があるのか、この端布を持たずに戦場に赴いた際、敵に奇襲を受けてから、フェイロンは肌身離さず持つようになっていた。

まじないに頼るようになるとはな。

いつ死んでもいいと思っていた。いや、正確には早く殺されたいと願ってきた。皇后のいない世に未練などない。それなのに今は、早く紫微城へ戻り、この端布の持ち主を探したいとさえ思っている。

バカバカしい。

自分の心の変化を認めたくないフェイロンは、端布から手を離した。ミオンは長い挨拶を終え、フェイロンの前から下がった。

ミオンが退出したことを確認すると、側近のユーエン・レアンが次の事案を話し出した。

紫色の髪をしたユーエンは、フェイロンを皇帝にした立役者のひとりだ。現在の宰相トウミは、ユーエンの父である。父とともに幼い頃からフェイロンの側に侍《はべ》り助けてきた。冷たい紫の瞳は常に冷静だが強い意志を隠し持つ。筋骨隆々としたまさに武人といった男だ。彼は、女官長ミオンの従兄弟《いとこ》でもあり、フェイロンの母リョウイの甥《おい》でもあった。

一緒に過酷な戦場を駆けてきたユーエンのことをフェイロンは信頼し、歯に衣《きぬ》着せない物言いはありがたいとも思っている。

「部族の長が娘を差し出したいと申しております」

「いらぬ」

先に制圧した部族の長からの申し出だった。

今までのジンロン帝国皇帝は、制圧した国々から美姫《びき》を集め、後宮『華蓋』に住まわせてきた。人質と側妃を兼ねさせていたのだ。さらに、彼女たちとは別に、ジンロン帝国の娘を皇妃として側に置いていた。皇子皇女と認められるのは、皇妃の子どもだけだった。むろん、皇后は皇妃の中から選ばれた。

フェイロンの父シャオウも前例に漏れず、多くの側妃と皇妃の間に子をもうけた。フェイロンは一番末の皇子だった。しかも、愛されない皇后のひとり息子として生まれ、後宮では肩身の狭い思いをして生きてきたのだ。

後宮などくだらない。

自らの経験上、後宮には憎しみすらあった。

「しかし、陛下。喪も明けた以上、皇妃をという声は多くあります」

「私の妻はファイーナだけだ」

フェイロンの妻でありアレの母であるファイーナは、亡国ユールの姫だった。他国の姫が皇妃に、それも皇后になるのは前例がなかったが、皇帝になる前に妻としていた彼女をフェイロンが強引に皇后に据えたのだった。

「存じております。しかし、皇后はファイーナ陛下のみにしても、後宮を取り仕切る者が必要です。華蓋に以前のような後宮としての機能はなくなりましたが、人質を預かる場としてはなおざりにできますまい」

「今までどおり、ミオンで良いではないか。よくやっている」

「女官長という立場では、他国の王族たちと対等に張り合うのには心許《こころもと》ないかと」

「今まで問題なかった」

「それは喪中だったからでございます。喪が明けた今、皇妃の座を狙って争いが起こるでしょう。今後は貴族だけでなく、他国の思惑《おもわく》も絡みます。陛下が他国の姫でも皇后になれるという前例をお作りになってしまいましたから」

フェイロンは、その言葉に非難が含まれていることを感じ取り、ユーエンを睨んだ。

ユーエンは、最近なにかとうるさい。

フェイロンはため息を押し殺した。気がつけばまたあの端布を触っている。そのことにもイライラとして、思わず舌打ちをした。

「皇族がふたりだけという状況もあまりよくありません。キリル殿下にもしものことがあれば、ジンロン帝国は崩壊しましょう。それをみな恐れているのです」

皇族なら、もうひとりアレがいる。

そう反論しかけて、フェイロンは苦々しく思った。アレは皇女どころか、娘として認めていない。

「お前たちがそう言って子を望むから、体の弱いファイーナは死んだ。お前たちが殺したのだ」

「お言葉ですが陛下、私どもは皇后陛下に子どもを産むように言ったことはありません。後継者のスペアなど、ほかの皇妃の子でも良かったのです。他に皇妃を娶《めと》らなかったのは――」

「もういい‼」

フェイロンは吠えた。

「ほかの女を愛せとは申しません。ただ、後宮を取り仕切り政務を助ける者として皇妃を立て、国民を安心させていただきたいのです」

「私の母はそうやって後宮に納められた。愚鈍な皇太子であった我が父を補佐させるため、祖父が国一番の才女と呼ばれた母を次代の皇后に決めたのだ。年若く有能な母は、愚かな父に憎まれた。そうしてどうなったかはお前もよく知っていよう。お前の叔母だからな」

ユーエンは黙った。

フェイロンの母リョウイは、有名な才女だった。そのため、先々帝ユウロンの目にとまり、年若かった彼女はユウロンの手元に置かれ娘のように教育された。ユウロンはフェイロンの祖父に当たる人物だ。

　しかし、それがあだとなった。ユウロンは自身の気に入った娘を、愚かな息子、先帝シャオウの将来の皇后に決めた。しかし、年若いリョウイが後宮に入る前に、シャオウは複数の皇太子妃を娶り、子どもも多く作った。いまさら父ユウロンが勝手に選んだ将来の皇后、しかも年の離れた賢い娘を押しつけられても快く思うはずはない。いつまで子ども扱いする気かと、不満を募らせたのだ。

　そんな事情もあり、シャオウは初夜のちぎりで懐妊したリョウイが信じられなかった。たった一度の交わりで子どもができるはずなどないと訝《いぶか》しみ、フェイロンを我が子とは認めなかったのだ。五歳で皇族と認められたのは、命名の試練でフェイロンに逆鱗が与えられたからだ。試練に合格し逆鱗を得ても、体が受け入れなければ皇族の血ではない。血統を証明するには命名の試練ほど確かな証拠はなかった。そして、フェイロンは逆鱗を授かった。

　しかし、そのことが、かえってシャオウに疑心を生んだ。フェイロンはシャオウの子ではなく、皇帝ユウロンの子どもではないかと疑ったのだ。

　十歳の立志式を迎え、賢く才覚を現し始めたフェイロンをシャオウは脅威に感じた。いつまで経っても皇帝の座を譲らない父ユウロンにも不満を募らせていた。シャオウを差し置いてフェイロンに皇帝の座を与えようとしているのではないかと危ぶんだシャオウと皇后は、ユウロンを北斗苑で葬《ほうむ》った。表向きは自殺だ。そして、皇太子だったシャオウが皇帝の座に就いた。

リョウイは皇太子妃の身分を剥奪《はくだつ》され、ユウロンの妾《めかけ》として殉葬《じゅんそう》させられた。母が殺されたフェイロンは、身の危険を感じ皇位継承権を返上した。自ら父シャオウの臣下に下ることで恭順を示したのだ。しかし、逆鱗があるため後宮からは逃れられずに、息を殺して生きていた。

その後、兄である当時の皇太子がフェイロンの妻だったファイーナを側妃としようとし、フェイロンは怒り、皇位簒奪を決意したのだ。

ユーエンは美しかったファイーナを思い出す。人妻だとしても、権力を使ってほしくなるのがわかるほど美しく朗らかな人だった。ユーエンも、フェイロンの妻であると知りながらも、淡い恋心を抱いたほどだ。しかし、ファイーナを失ってからフェイロンは生きる目的を失ってしまった。今までなら、手こずるような相手ではない敵に膠着《こうちゃく》状態を許している。この三年で精彩を欠いた皇帝の姿は、兵士たちにも伝わり士気も下がっている。

ユーエンは思う。

愚鈍な先帝シャオウから、やっとの思いで政治を取り戻したのだ。また、皇族だけが利益をむさぼり、帝都だけが栄えるような時代には戻したくない。このまま過去に縋って生きられては困る。そのためには、厳しいことも言う。もしわかっていただけないのなら、道を違《たが》える覚悟をしなければ。死んだ龍に国の未来は託せない。

「……リョウイ叔母様のことは私も悔しく思っております。ですが、ミオンはそれを知ってわきまえております」

「……ミオンか」

「ミオンなら過去を知った上で陛下をお支えできるでしょう。キリル殿下も懐いております。しかし、選ぶのは陛下です」

フェイロンは大きく息を吐いた。

ミオンのことは評価している。ファイーナ存命の頃から独身のまま女官長として皇后を支え、皇后亡き今では後宮を守っている。誰か選ばなければならないのなら、ミオンが適任ではあるのだ。ミオンも三十になる。子どもを望むならギリギリの年齢だ。

不満はない。が、愛もない。

考え込むフェイロンの前に、伝令が走り込んできた。

「帝都、キリル皇太子殿下からお手紙でございます」

フェイロンはその手紙を開いた。

「紫微城上空に、金龍に乗った天使と炎虎が現れた、だと？」

フェイロンは思わず口に出す。そして、無意識に端布を握りしめた。

ユーエンも怪訝そうに首をかしげた。

「幻覚でしょうか？」

「キリルはそれほど愚かか？　宰相の印もある」

フェイロンの問いにユーエンは黙った。

「天使《リーナ》……天使《アンゲリーナ》か」

フェイロンは呟いた。最愛の妻ファイーナが、お腹の子に付けた名前だ。妻を殺した者に相応《ふさわ》しくないと、口にしたこともなかった名前。

ユーエンの言葉がまだ胸でジクジクと痛んでいる。

私がほかの女と子をなしていたら……。ファイーナは残り、アンゲリーナは生まれなかった。そしてきっと、アンゲリーナはこの端布をくれた娘だ。

握りしめた手の中に、天使の守護印が描かれた端布がある。そのことに気がついて、フェイロンはおもむろに立ち上がった。

目を背《そむ》けてはいけないということか。しかし、その前にやらねばならぬことがある。

目前の敵を倒さねば帰れない。

「金龍は吉祥の証し。天使の守護も得た。今こそけりをつける。ゆくぞ！」

力強く立ち上がり、バサリと着物の裾が翻《ひるがえ》った。そこに以前と同じ皇帝の輝きを見て、ユーエンは息を呑んだ。

龍は眠っていただけか？

にわかには信じられず、しかし希望も捨てられず、ユーエンは深く頭《こうべ》を垂れた。

ななしの皇女と紫微城の人々

アレはキリルの膝の上で戸惑っていた。今日からキリルと一緒に勉強することになったのだ。

その教師というのが。

ループ二回目で私が片思いをした相手！　そして魔族と繋がってた人ー‼

アレはズーンと落ち込みながら、目を逸らした。

「天使様、こちらは私の教師であり右腕のジュンシー・レアン。宰相の孫であり、私たちの従兄弟だ」

おぅふ、名前も偽名だったのね……。

アレは遠い目になった。二度目のループで出会ったとき、ジュンシーはアレに自分の名は『ハオラン』だと名乗っていたのだ。きっとすべて承知の上で、アレに近づいたのだろう。

ジュンシー・レアンは今年十六歳になる。優しそうな紫色の垂れ目に、おっとりとした話し方、紫色のサラサラとした髪は、真ん中で分けられて生真面目そうだ。

見た目からでは魔族となんて絶対関係がなさそうなのに……。人は見た目によらないのね。

ループ一回目のときに知ったのだが、クーデターの黒幕は、宰相の息子であり皇帝の右腕と呼ばれたユーエンだったのだ。フェイロンを皇帝の座に就かせたレアン一族が、魔族の国アンダと通じジンロン帝国を手に入れた。ユーエンがジンロン帝国の皇帝となり、宰相の姪ミオンが魔族の王の第二妃となっていた。

ジュンシーは二回目のループの際、アレの土蔵に荷物を届ける下級官僚『ハオラン』として、アレの前に現れた。たまに土蔵へ顔を出す彼は、宮女たちの捨てた古新聞などを必死に読みあさるアレに、手を差し伸べ、隠れて本を差し入れるなど、さまざまなことを教えてくれた人だ。

虐げられていた北斗苑で、唯一優しく接してくれた年上の男にアレは依存した。一方的に思いを寄せ信じた男に、クーデターが起こることを教えてしまうのだ。しかし、ハオランはクーデター側の人間だった。アレはハオランに自分の恋心を告げ、クーデターを止めるよう懇願したが、ハオランは断った。逆に、ハオランはアレをクーデターに誘った。アレはそれを断る。そのいざこざを魔族に見られ、アレは魔族に殺されたのだ。

今思えば、私に優しく近づいたのも、ミオンから監視するように指示されていたんでしょうね。それにしても、レアン家ばかり取り立てすぎ。

アレは俯いたまま、なにも言えない。

「天使様？」

ジュンシーは不思議そうにアレを見た。アレは目が合わないように、ツツと顔を逸らす。少しだけ頬が熱い。

でも、悔しいけど、顔は、顔は、好みなのー！　でも絶対好きにはなってはいけない人！　注意しなきゃ。

リュウホが不思議そうな顔でアレを見る。アレはその視線に居心地の悪さを感じた。

「天使は人見知りみたいだ。ジュンシー、とりあえず授業を始めてくれない？」

キリルが言えば、ジュンシーは訝しげな顔をした。

「このまま授業を始めるのですか？」

キリルの膝にはアレが座っている。

「……だめなら、おそと、いきましゅ」

また、また噛んだー‼

アレは顔が真っ赤になった。振られたとはいえ、片想いをしていた相手だ。恥ずかしいところは見せたくない。

「っあ、いえ、天使様がつまらないかと思いまして」

なぜかジュンシーまで顔を赤らめて、目を逸らした。キリルが不快そうな顔をして、リュウホがタシタシと尻尾を床に打ち付けた。

（なんだ？　あいつ、ロリコンか？）

「リュウホ、へんなこといわないで！」

アレが慌てて窘めると、キリルがアレを見た。

「リュウホはなんて言ってるの？」

（お前だって、シスコン、ロリコン‼）

「あ、えっと、なんでもないれすかんちがいれす」

アレはアワアワと否定する。慌てたから舌がうまく回らない。リュウホは尻尾をタシタシと打ち付けながら、ナァァァウナァァァウと不満げに鳴いてみせた。

「なんでもない様子じゃないよ？　リュウホはなにか伝えたいみたいだよ？」

　キリルがアレに優しく尋ねた。

（ちゃーんと伝えろよ！　お前ら全員ロリコンだって！　変な目で見るなって、そう言えよ）

「へんなめでなんかみてないから‼」

　リュウホの言葉に思わずカッと答えれば、ジュンシーはボッと顔を赤らめ咳払いをし、キリルはニヤリと笑う。

「ああ、リュウホは嫉妬してるんだね」

　キリルはそう言うと、アレをギュッと抱きしめた。

（おい！　はなせ！　下ろせ！　下りろ！　コイツ、マジで噛んでやる‼）

　リュウホがガウと吠え、キリルの膝に足を乗せた。

「にいたま、わたし、にいたまがよういしてくれたつくえでべんきょうしたいな」

　アレがねだるように小首をかしげる。ミンミン直伝のおねだりである。

　キリルは、キューンと心を掴《つか》まれ、デレリと頬を緩ませた。

「わかったよ」

　アレはキリルから解放され、自分の席に着く。リュウホは満足げにアレに付き従い、その足下に寝そべった。まだ、少し椅子が高くぶらぶらとする足を、リュウホが鼻先でつついた。

（なでろ）

「足で？」

（足でいいから）

アレは靴を脱いでリュウホの背中を足で撫でる。リュウホは満足げに目を細めた。

ジュンシーはそんなアレとリュウホの様子を微笑ましく思い、思わずニッコリする。

「変な目で見ないように」

ピシリとキリルが釘《くぎ》を刺した。

「あ、いえ、子どもと動物の戯《たわむ》れは可愛らしいですね」

「天使が可愛いんだぞ？」

キリルが答え、ジュンシーは黙り、授業を始めることにした。

「殿下は先日の続きを。天使様はなんの勉強をしましょう？」

ジュンシーはお絵かきあたり、せいぜい文字を教えれば良いくらいに考えていた。しかし、アレがオズオズと机の上に広げたのは帝国の歴史が書かれた本だった。思わず目を見張る。

「読めるのですか？」

アレはコクリと頷く。

「じはじょうずにかけないんですけど……」

ジュンシーは信じられずに、本をランダムに開いてアレが読めるか確認した。アレは子ども特有の舌足らずな話し方ではあったが、読んでみせた。葛籠箪笥にもらった木札で予習してあったのだ。

「すごい」

ジュンシーは思わず感嘆する。キリルに勉強を教え始めたときもその賢さに驚いたが、アレはそれを超えていた。

「だから、一緒に勉強すると言ったんだ」

キリルは自分のことのように、フフンと胸を張る。

「天使様、天使様のお望みのこと、すべてお教えいたします。このジュンシーの持つすべてを吸収してください」

ジュンシーは金の卵を見つけた興奮に包まれていた。言葉のとおり、自分の知性のすべてをアレに捧げようと思った。

この子は育て方によっては、皇帝陛下の母リョウイを凌駕《りょうが》する才女になるかもしれない。おじいさまに伝えなくては。

ジュンシーは宰相である祖父から、天使の様子を見てくるよう命じられていたのだ。

宰相のトウミは後宮について口を出すことはない。そのため、天使の件にしても静観しようと決めていた。皇族といえども家族内の問題であり、まずは家族の中で解決してほしい。宰相としてではなく、フェイロンの伯父としてそう願っていた。

ジュンシーも同じ思いだった。親子げんかや兄弟げんかに巻き込まれるのは、職務ではない。しかし、実際のアレを見たら惜しいと思った。このまま北斗苑の片隅に捨て置いて良い存在ではない。間違っても処刑などされるべきではない命だ。

アレはジュンシーの勢いに気圧《けお》された。

もともと教え好きな人だとは思っていたけれど……。

事実、ループ前に勉強を教えてくれたときも熱心だった。アレができるようになれば頭を撫でて褒めてくれた。それがアレには特別で、嬉しくて、頭を撫でてもらうためならなんでもできると思っていた。ジュンシーが褒めてくれるだけで、辛い境遇にいながらも天にも昇る気持ちになれたのだ。

ジュンシーの問いにアレが答える。

「天使様、正解です。良くできました」

ジュンシーはそう笑って、当たり前のようにアレの頭を撫でた。きっと彼のくせなのだろう。

アレはそれが懐かしく、満たされる。条件反射のようにニッコリと微笑んだ。

前はこうやって褒められるために一生懸命頑張っていたっけ。

しかし今では、当時ほど心が震えないことを不思議に思った。

（なんだよ、そういうのが好きなのかよ）

リュウホが拗《す》ねるように言うと同時に、キリルがジュンシーを窘める。

「天使に気軽に触るな」

「ナデナデはうれしいです」

アレが答えれば、キリルはムッとした。

「なら、私が撫でてあげる」

子どもっぽい言い草に、アレは笑った。

（あほくさ）

足下でリュウホが寝返りを打つ。フワフワとした毛皮がアレの足先をくすぐった。

あの頃の私には頭を撫でてくれる人はジュンシーしかいなかった。でも、今は違う。

アレはそのことが嬉しくて、幸せで、リュウホのお腹をワシャワシャと混ぜ返した。リュウホはそれを喜んで、アレの足を甘噛《が》みした。キャッキャとじゃれ合うふたりを、子どもらしい笑顔で見るキリル。

陛下や祖父はどう思うかわからないが、殿下は天使様とともにおられたほうが良い。私は、それに力を貸そう。

ジュンシーは小さく決意した。幼い頃から目をかけてきた従兄弟が、家族の愛に飢えているのを知っていたからだ。

◇◇◇

それからのアレの一日は、賑《にぎ》やかなものになった。

皇太子から『天使を客人として扱え』と命が出されたため、ジュンシーはアレを連れて紫微城内を案内することにしたのだ。

ジュンシーには思惑があった。

多くの者に『天使』の存在を周知しよう。可愛らしく幼気《いたいけ》な幼女だ。皇女や天使でなくても同情を引く。天使に好意的な空気ができてしまえば、きっと皇帝でも簡単に処刑できなくなる。今度の戦の途中経過を聞く限り、皇帝の凱旋《がいせん》には時間がかかる。今がチャンスだ。

アレはそんなことも知らず、リュウホに乗って大人しくジュンシーについていく。トテチテと歩くオレンジ色の虎にまたがる幼女。それだけでも人目を引く。それなのに、幼女はキリルが用意した可愛らしいドレスを身につけているのだ。アレがリュウホにまたがりやすいよう、ドレスの下に穿くためのフリルのついたズボンを用意してくれた。動きやすいようにスカートの丈も短くしてくれた。その上、宮女たちの渾身《こんしん》のテクニックによって飾り立てられているのだ。悶《もだ》えるほどの愛らしさなのである。

皇太子の側近ジュンシーが一緒にいることで安心したのか、宮人たちの警戒は解かれていた。北辰宮から南に進み、四角い池に出る。池の中央には九重塔がそびえ立つ。執務をするための天鉞楼だ。キリルは今日、ここの執務室にいるのだ。

金龍の背中に乗って見たときとは違った下から見上げる天鉞楼に、アレはホウとため息をつく。ジンロン帝国で一番高い建物だった。

リュウホにまたがったアレは、お菓子の入った籠《かご》を抱えていた。トテチテと最上階の執務室まで向かう。大きな扉をジュンシーが開けば、中にはキリルと宰相、宮人たちが仕事をしていた。難しい案件を扱っていたのか、部屋の空気はヒリついて険悪だった。

しかし、アレを見た途端キリルが破顔して、椅子から立ち上がった。執務室の空気がザワリと揺れる。キリルは感情を表現することが少なかったからだ。珍しく見せる年相応の反応に、周囲は驚いた。

「天使！　どうしたの？　困ったことでもあった？」

アレはフルフルと頭を振った。

「ううん。そうじゃなくて、にいたま、おやつをもってきました」

キリルは時計を確認した。確かに休憩時間を過ぎている。戦が長引いていることで、難しい問題もたまり、気を張って仕事をしていたため休憩時間を過ぎていたのだ。

「もうそんな時間だったか。皆、休んでくれ」

「天使様、皆さんにお菓子を配っていただけますか？」

ジュンシーにそう言われ、アレはリュウホから下り籠の中身を配った。まずは、キリル、その次に宰相のトウミだ。トウミはアレからお菓子を受け取ると、細い目をさらに細くして微笑んだ。

「天使様、ありがとうございます。寿命も延びる心地です」

トウミがアレを『天使』と呼んだことで、執務室の空気は一気に軽くなった。アレは恐縮してしまう。

「えっと、ながいきしてくださいませ、さいしょうたま」

たどたどしく応えるアレの様子に、「かわええ……」と誰かが呟いた。

リュウホはボディーガードのようにアレにビタとくっつき、宮人たちに一声吠える。

（変な目で見るな！）

宮人たちはギクリとする。

「リュウホ、しーっ！」

アレがリュウホに向かって、しーっと人差し指を立てる。リュウホはむーっと顔をしかめる。

アレはリュウホを宥《なだ》めるように、ワシワシと額を撫でた。

（もっと、なでなで！）

リュウホがねだってアレがリュウホをナデナデモフモフする。リュウホはゴロリと寝転がり、腹を見せる。アレはさらにモフモフした。

執務室がホンワカとした空気に包まれる。

「さぁ、お菓子を配り終わったら、ここへおいで」

キリルは執務室の椅子に座り、自分の膝をポンポンと叩いた。

アレは少し戸惑う。心は大人だ。だから、そんな子どもっぽいことは恥ずかしい。しかし、ループ以前から家族の愛情に飢えていたアレは単純に嬉しくなってしまうのだ。結局は素直にキリルの膝に収まる。

「はい、あーん」

キリルがアレにお菓子を与え、アレは「じぶんでたべられます」と怒りながらも、あーんと口を開ける。リュウホはそれを見て、ケッと鼻で笑う。

「私の天使は本当にかわいい」

小さく呟くキリルを、穏やかな目で見るトウミ。

出だしは上々ですね。

ジュンシーは満足げに微笑んだ。休憩が終わったところで、ジュンシーは声をかける。

「天使様、行きましょうか」

「はい」

アレはリュウホにまたがって執務室を出る。

「天使様、また来てくださいね！」

「絶対来てくださいね！」

「できれば、毎日来てくださいね！」

執務室の人々は名残《なごり》惜しげに手を振った。険悪だった執務室の空気に戦々恐々としていた宮人たちは、アレが現れたことで救われたように感じていたのだ。

「またきます！　がんばってくださいね」

アレも手を振り返した。

「天使様はほかに行ってみたいところはありますか？」

ジュンシーに問われてアレはオズオズと答えた。

「……北斗苑……」

上目遣いで恐る恐る尋ねる様子に、ジュンシーはクラリと眩暈《めまい》を感じた。

「良いですよ」

ジュンシーはアレたちを北斗苑の入り口まで送っていった。きっと、人の目を気にせず伸び伸びとしたいだろうと思ったからだ。

「夕刻の銅鑼《どら》が鳴ったら迎えにまいります」

　ジュンシーの心遣いにアレは感謝した。

　北斗苑に帰ったアレは、まずマルファに会いに行った。マルファも老騎士も、いつアレが戻されてもいいようにと土蔵を整えて待っていてくれた。

　アレはマルファに走り寄り抱きついた。

「姫様！　ご無事で」

「うん、だいじにしてもらってる」

「ええ、ええ、そうでしょうとも。それはユール国のドレスですね。それを着ていると本当に皇后様にそっくりで」

　マルファは泣きながらアレを抱きしめる。老騎士も目尻に涙を浮かべていた。

「にいたま、やさしいよ」

「そうです、優しいお方です」

「ジュンシーにおべんきょうおしえてもらってる」

「ええ、あの方はとても賢いお方で」

「おやつもあるの」

「よかったですね」

　幸せそうなアレの姿に、老騎士もマルファもホッとした。

「でもね、マルファとね、きしがいないのは」

アレはそこまで言って、震える唇を噛みしめた。

「……さみ、しい、よぉ……」

嗚咽《おえつ》になった言葉。アレはマルファの胸でワンワンと泣き出した。

温かい布団。美味しいご飯。綺麗な衣装に、優しい侍女と宮女たち。リュウホも大事にしてくれて、これ以上求めてはいけないのはわかっている。

それでも、アレはマルファを見た途端恋しさがこみ上げてきた。

「私も淋しいです」

マルファはギュッとアレを抱きしめた。

「でも、きっと一緒に暮らせる日が来ますから」

「うん」

「今日のように遊びに来たら良いのですよ」

「うん」

マルファはアレの涙を拭いてやる。アレは涙を拭いてもらうと、老騎士に駆け寄った。老騎士はアレの脇を掴み、ぐるりと一周回る。アレが大好きな遊びだ。

「こういうの、きししかしてくれないから、たのしい！」

アレの言葉を聞いて、騎士は笑った。

「じゃあ、これはどうですか？」

それから高い高いをするように、空へと投げる。キャーっとアレは喜んで、キャッキャと笑う。

その様子をリュウホは静かに眺めていた。

胸がなんか変。モヤモヤする。ムカムカする。俺だって騎士みたいにできるのに。ジュンシーみたいにナデナデだって、キリルみたいに、あーんだって。

そう思って自分の体をペロペロと舐める。美しい毛並み。力強い手足。このまま大きくなれば、天下一強くなれる。そんな自分を気に入っている。

でも。

リュウホはアレを見た。人同士のふれあいで、幸せそうな顔をするアレ。自分をモフモフするときとはまた違う笑顔だった。

あの笑顔は俺だけのものだもん！

フン、とリュウホは鼻を鳴らした。そして自分を落ち着かせるように、耳の後ろから顔を何度も何度も撫でた。

◇◇◇

北斗苑から急に北辰宮へやってきたアレのためにキリルは格段の配慮をしてくれた。皇帝が帰ってくるまでは、紫微城内を自由に歩いて良いこととしたのだ。護衛騎士は交代でひとりついてくる。北斗苑内に限っては護衛の騎士もいらなかった。

アレは今日も紫微城内を歩いていた。リュウホの背中に乗っているので、移動には困らない。今まで何度ループをしても紫微城内へ入城したことはなく、見るものすべてが目新しく面白い。

紫微城はひとつの大きな町になっている。一番北に北斗苑、その南に北辰宮、さらに南に天鉞楼を中心とした政務関連の施設がある。

　そこから城門までは大きな道と水路がまっすぐに伸びていた。東は紫微左垣《さえん》と呼ばれ他国の要人の住む華蓋があり、西は紫微右垣《うえん》と呼ばれジンロン帝国の宮人たちの住む町がある。おのおのの町には、それぞれ店や病院、学校がある。紫微左垣と紫微右垣に住む人々は、互いに反目している空気があった。

　アレは華蓋に来ていた。華蓋は国際色豊かな町だ。飛び交う言葉も各国なまりで面白い。

　アレは『天使』ということで、紫微城内の身分にとらわれていなかった。皇女としては扱われず、自由気ままに過ごすことができたのだ。

　今日の護衛騎士は、茶色い髪の青年だ。三度目のループで初めてミオンと対峙したときミオンの護衛としてついてきた騎士だった。はじめアレは警戒したが、騎士はとても好意的だった。アレに目線を合わせて話しかけ、できるだけアレの希望がとおるようにしてくれる。挙げ句の果てに、リュウホからアレを抱き上げようとしてリュウホから吠え立てられた。

　アレの目の前を、元気な子どもが走っていく。アレと同じくらいの背格好の子どもは、リュウホを見て驚き転ぶ。膝をすりむいて泣き出す子どもにアレは近づき、持っていた水で汚れを落としてやる。

「ちちんぷいぷい、いたいのいたいの、リュウホが食べちゃえ！」

　アレはそう言って、傷に触れないように、天使の守護印を描いてから、クルクルと円を描いて、指先をリュウホに向ける。リュウホはガウと痛みを食べるふりをした。

「ほんとだ！　いたくない！　天使様、トラちゃん、ありがとう！」

子どもはそう言って駆けだしていった。

「すごいですね、天使様。治癒のお力も持っているのですか⁉」

護衛騎士が驚く。アレは戸惑った。そんな自覚はなかったからだ。

「かるいけがだったんだとおもう」

（お前、治癒の力あるぞ。俺の足もすぐ治ったし）

リュウホが言った。アレはキョトンとする。

「リュウホのからだがつよいんでしょ？」

アレがコソコソとリュウホの耳に口をつけて話す。リュウホはそれがこそばゆい。

（俺は強いけど、あのトラバサミには闇の魔法がかかってた。そんなのあんな簡単に治るか）

リュウホが言って、アレは過去の自分のことを思い出した。確かにトラバサミに挟まれた足は化膿《かのう》して大変だったのだ。しかし、そのとき自分では治せなかった。アレは釈然としない思いで、自分の手を閉じたり開いたりしてみた。

「天使様はすごいです！」

目をキラキラとさせる護衛騎士に、アレはちょっと引いた。

しばらく歩いていくと、花売りが屋敷の前で花を売っていた。アレはそれも新鮮で立ち止まってみる。

「あれ、新しい下女さんかい？」

花売りは機嫌良さそうに話しかける。話しかけられた下女は、モジモジとオドオドとぎこちなく笑い、なまりのある言葉で答えた。ジンロン帝国の人々より、少しだけ浅黒い肌をしている。

「ハイ、来たばかりで、初めての遣いです」

「そうか、それじゃお近づきの印に」

花売りはそう言って、一本の花を渡した。

「イエ、いけません」

「いいんだよ。売り物にならない花だから。その代わり花はうちで買ってね」

「ハイ」

嬉しそうに下女は答えて、花売りに代金を渡した。行商人に払うには少し大きな紙幣だった。花売りは素知らぬ顔をして、釣り銭をごまかし下女に渡す。従属国では、おのおの独自の貨幣があり、下女はジンロン帝国の貨幣にまだ慣れておらず、計算もできないので騙されたことに気がつかず朗《ほが》らかに礼を言った。

「おじたん、おつり、まちがってる」

アレは思わず指摘した。一度目のループ時に酒場で働いていた名残だ。下町の店には似つかわしくない大きな紙幣をわざと使う魔族にはよく困らされたのだ。それで、暗算は鍛えられた。

花売りはキョロキョロとした。まさか、幼女に指摘されたと思わなかったからだ。そして曖昧《あいまい》に笑い、逃げるように下女にお辞儀をした。

「じゃ、じゃあ、また」

「おつり、まちがっているんですか？　五枚、紙幣が返ってくるって聞きました」

下女が紙幣を数える。枚数は五枚だ。

「は？　え？」

「おつり、まちがってるよ」

しどろもどろになる花売り。

アレがもう一度言えば、花売りと下女がギョッとしたようにアレを見た。

「おやおやおや、お嬢ちゃん、なにを言っているのかな？　お店屋さんごっこじゃないんだよ？」

花売りはヘラヘラ笑う。

「まさか、あなたもこんな子どもの言うことを信じるわけじゃないでしょう？」

下女は挙動不審の花売りを訝しげに見た。

「おつり、まちがってるの。おはなは五百ロン。おねえたんが払ったのは、五千ロン。てにあるおつりは百ロン五枚だけど、本当は千ロン四枚と五百ロン一枚の五枚になるよ」

アレの説明を受け、下女は紙幣をマジマジと見た。手元にあったのは同じ模様の紙幣が五枚だった。

騒ぎを聞きつけて、警備隊もやってくる。屋敷の中からも何人かやってくる。

「どうしましたか？」

　警備隊が下女に尋ねた。

「あの、おつりが間違っているとあの子が言って、でもどちらが合っているのか私にはわからなくて」

　チラリとアレを見て、説明をする。警備隊は話を聞き頷いた。

「その子の言うことが正しい」

　周囲に集まった人々は信じられないといった顔でアレを見た。そうしてから、花売りに疑いの目を向ける。

「騙そうとした？」

　下女が悲しげな顔で問う。

「いや、ちがう、騙すつもりじゃなかった、ほら、こんな大きい紙幣で花を買う人なんかいないから、いつものくせで、そう、いつものくせで、ごめんな、お姉さん。はい、これ、足りなかった分！」

　花売りはそう言うと、残り四千ロンを下女に押しつけ、そそくさと逃げ出していった。

「ありがとう、噂の『天使様』ですね？　お礼をさせてくださいな」

　下女の優しげな笑顔に、アレは頷こうとした。その瞬間、リュウホがアレのスカートを咥《くわ》えて引っ張った。

（だめ！）

　アレがリュウホを振り返る。

「どうしてダメなの？」

（どうしても！）

ここはナンラン国の屋敷前だったのだ。リュウホにしてみれば、まだアレになにも説明していなかった。自分の口からなにも話していないのに、ナンラン国の者から余計なことを吹き込まれるのは嫌だった。

下女はリュウホを見た。

「炎虎様がダメだとおっしゃっているんですか？」

「えっと、たぶん、そうだとおもう……」

「それでは、無理強いはできません」

（そうだ、だから、いくぞ！）

リュウホはそう言うと、アレを背中にヒョイと乗せて歩き出してしまった。

「リュウホ？」

リュウホはアレの声が聞こえないふりをしてズンズンと歩いた。

アレの噂は華蓋に一気に広がった。『天使』が、従属国の下女を助けたのだ。ジンロン帝国の人間は、従属国の人間を蛮族と見下している。花売りのしたようなことは、華蓋の中で今までもあった。田舎からやってきた他国の若者を騙すようなやり方だ。しかし、騙されたことにすぐには気がつかず、気がついたときには「騙されるほうが悪い、勉強料だ」と開き直られる。従属国の、しかも下働きである彼らは、訴えることもできずに、不満を募らせていたのだ。

ジンロン帝国人に騙された恨みつらみは、そのままジンロン帝国に向かっていた。

そんな中、ジンロン帝国で『天使』と呼ばれる存在が、ジンロン帝国人から従属国の下女を助けたのだ。しかも、子どもの傷まで治すという話も広がり、まさに『天使』と、噂がどんどん大きくなっていった。

◇◇◇

「やられたわ……！」

戦場から後宮に戻ったミオンに知らされたのは、アレが『天使』と呼ばれ、キリルのもとに保護されたという事実だった。しかも、華蓋ではアレの良い噂が広がっていた。

まず宰相である伯父のトウミに確認を取りにいく。そこには甥のジュンシーもいた。

「アレを北辰宮に入れるなど、フェイロン皇帝陛下がお怒りになります！」

「アレではない。皇太子殿下は『天使』だと報告された」

「しかし、伯父様！」

「後宮を管轄《かんかつ》するのはミオン女官長ではなかったか？」

トウミはピシャリとそう言い、姪として頼ろうとするミオンに一線を引いた。

「天使が天使でないのなら家族の問題だ。政治介入するものではない」

「伯父様は、陛下の伯父でもあるでしょう⁉　ふたおやのいない陛下にとっては、父のような存在のはず。いうなれば私たちは家族だわ」

「めったなことを口にするでない。私は宰相だ」

トウミの態度にミオンは歯がみする。面倒ごとに関わりたくないように見えたのだ。

「……そうですか。でも、私にとってキリル殿下は息子のようなものですから、悪い影響がないか心配です」

ミオンが食い下がる。

「華蓋では、まさに天使と呼ばれているそうではないか」

「蛮族の戯言《たわごと》など信じられるものですか」

「ジュンシーによれば、とても賢い子どものようだぞ？　三歳なのに『北辰辞』を暗唱できると聞いた。それが本当なら、リョウイ以上だ」

ジンロン帝国の最古の詩集『北辰辞』は、官僚試験に必ず出題されるものだ。ミオンは、憧れの伯母リョウイを持ち出されカッとなる。

伯母様にもっとも近いのは私よ！　アレなんかになれるものですか！

フェイロンの母リョウイは不遇な一生を終えてしまったが、レアン一族の誇りだった。

「アレとリョウイ伯母様を一緒にしないで！　蛮族ユールの血の混じった汚らわしい子よ！」

ミオンの勢いにトウミは黙る。

天使を汚らわしいと言うならば、キリル殿下も同じだ。言っている意味がわかっているのか？

ジュンシーはそう思い、チラリとトウミを見た。トウミはなにも言わない。

ジンロン帝国の中では、征服した国の姫を皇后に据えたフェイロンに対する反感が根強い。その反感は、血の混じった皇子たちにも向けられる。しかし、それを表立って言うことはない。不敬だからだ。

　ジュンシーはその考えに反対だった。ふたつの国の血を持つことは、尊いことだと考えていた。しかし、反論はしなかった。ここで話題を広げるのはレアン族にとって好ましくない。話題を流すに限る。

　ミオンは、不敬な発言をしても咎めないトウミに黙認するつもりだと判断した。

　伯父様が黙認してくれるなら、いいわ、私がアレを排除しましょう。私は三年待った。いいえ、生まれてからずっと、皇帝を支えるようにと言い聞かされ育てられた。私もそれを望んだ。一度は皇妃を諦めたけれど、それでもずっと支えてきたのだ。

　代々、ジンロン帝国の皇帝は、皇后とは別に皇妃を数人抱えてきた。後宮は後継者問題を解決するためのシステムだからだ。皇后ファイーナは体が弱く、多くの子どもは望めない。フェイロンもそのうち新たに皇妃を置くと思っていた。しかし、フェイロンはかたくなに新たな皇妃はもうけず、皇后は亡くなった。喪が明けた今なら皇妃を娶るよう説得できる。ミオンは結婚もせずに待ち続け、来年には三十になる。

　これ以上は待てない。アレを皇女と認めたら、新たに皇妃を娶る理由が弱くなる。

「私はキリル殿下のために、女官長としてではなくお話ししたいと思います」

　そう言うと、ミオンは急ぎキリルの部屋に向かった。

　ジュンシーとトウミは顔を見合わせた。

「あの子は情が深すぎる。それがあの子の能力を潰さなければ良いのだが」

トウミはため息をついた。


ちょうどその頃、キリルとアレはリュウホと一緒に鞠を投げて中庭で遊んでいた。侍女や騎士たちも微笑みながら眺めている。

仲睦まじげに遊ぶ子どもたちを見て、ミオンは苦々しく思う。

この状況をどうして誰も咎めないの⁉

苛立《いらだ》たしく思いながらも、現在後宮を統括するのはミオンだった。ミオンは一息ついてから、優しい笑顔を作った。そして猫なで声でキリルに話しかけた。

アレはミオンに気がつき、持っていた鞠をポトリと落とした。不意打ちだったからか、条件反射で体が硬直してしまう。

しっかりしなきゃ！　きっとなにか言われる。隙を見せたらダメ。

そう思うのに体が震える。リュウホはそんなアレを見て、ペロリとアレの指先を舐めた。アレはハッとして、リュウホのクビに抱きついた。リュウホはアレを落ち着かせるために、ペロペロと体中を舐める。

ザリザリが気持ちいい。モフモフで落ち着く。

アレはリュウホの体に顔を押しつける。

「キリル殿下」

「戦場はどうだった？　ミオン」

キリルはいつもどおりの気さくな態度でミオンに応じた。ミオンはそれに安心した。

「陛下がおります。心配はいりません」

「そうか」

「キリル殿下。私がいない間に天使を保護されたと聞きましたが」

ミオンは優しい優しい微笑みをキリルに向けて尋ねた。キリルもニッコリと微笑み返す。

「ああ、天使は私の客人だ。丁寧にもてなすように」

キリルはミオンにきっぱりと命じた。

ミオンは思わず真顔になった。キリルがもう少し動揺し、アレの処遇について相談をしてくると思っていたのだ。そうなれば、相談に答える形で、アレを処分できると思っていた。

しかし、キリルはミオンの判断を仰がなかった。かといって、引き下がるミオンではない。

「しかし、キリル殿下、アレは天使ではございません」

ミオンはアレを指さした。アレはビクリと体をこわばらせた。

キリルはミオンを訝しげに見る。

「殿下は初めてご覧になったのでご存じなかったのでしょう。私は後宮を取り仕切っているのでわかります。アレは天使ではなく、皇帝陛下が忌《い》み嫌う『アレ』でございますわ」

ミオンは優しく諭《さと》すようにキリルに囁いた。

アレは俯いて、唇を噛みしめる。言葉の刃がアレを傷つけた。

「ご存じなかったのであればしかたがありません。殿下に罪はございません。今ならまだ間に合います。皇帝陛下には伝えずに、あるべき場所に返しておきましょう」

アレを物のように言うミオンにキリルは不快になる。

天使の様子がおかしかったから調べてみたら、ミオンが虐待していた目撃証言があった。信じられなかったけれど、今の様子を見れば信じるしかない。

「ミオン、私の望みに食い下がるのは初めてだね」

キリルはミオンを見た。キリルは皇太子だ。白を黒と言えば黒。今までそうやってとおってきた。ミオンはそれを是《ぜ》としたし、それを正されたことはなかった。

「私は殿下のためを思って申し上げております。皇帝陛下に知られたら殿下がお咎めを受けるやもしれません。お怒りに触れれば殿下の命も危ぶまれると」

ミオンはまるでキリルを心配するかのように、悲しげに怯えた顔をした。心配しているふうであり、その実は脅しである。

ミオンはアレに向かってツカツカと歩いていった。アレの前までやってくると、体をかがめてアレの耳元に囁いた。

「よくも自分が『天使』などと恥ずかしげもなく言えたものね」

キリルには聞こえないよう小声での明らかな嘲笑《ちょうしょう》に、アレは体が固まった。

（よるな‼）

リュウホがガウと吠える。オレンジの毛が炎のように逆立った。

「きゃあ！　やはり虎ではないの？　猫と謀って皇宮に連れこむなんて、なんて恐ろしい嘘をつくのかしら！　殿下にきちんと謝罪なさい」

ミオンの言葉にキリルは苛立った。

「ミオン！」

「キリル殿下。これはアレのためです。いけないことはいけないと教えなければアレのためになりません。もちろん私も心が痛みます。本来なら乳母がきちんとしつけていればこうはならなかったのですが、しかたがありませんわ」

ミオンは呆れたようにため息をついてみせる。

アレはミオンの言葉に心が暗く濁《にご》っていった。

「アレのため」、ミオンはいつもそう言ってた。私もそれをずっと信じていた。でも今ならわかる。ミオンの「誰かのため」は、ミオンのためでしかない。

「さぁ、アレ、自分で本当の名前を告げ、殿下に謝りましょうね？　『私は天使ではありません、アレです。嘘をついてすみませんでした』と」

できの悪い子どもに言い聞かせるようにミオンはアレに諭した。

「ミオン‼　いいかげんにしないか！」

（コイツ、マジで性格悪い！）

グルグルとリュウホは唸る。

アレはリュウホを抱きしめながら、キッとミオンを睨み返した。

「わたしは、てんしじゃない、けど、アレでもないわ！」

「なにを、」

金龍に名を尋ねられたときに決めたのだ。自分で自分をアレだと思わない。

それに、兄様もジュンシーも、侍女もみんな『アレ』と呼ばない。だから、私はもうアレじゃない！

「わたしはアレじゃない‼」

「反省もできないなんて、なんていけない子なの！」

「いいかげんにせよ、ミオン。たかだか私が客人を入れただけで、父がたったひとりの皇子を殺すとは冗談にもほどがある。しかし、私のしたことが罪ならば、私が父から裁きを受けるまでだ」

キリルがきっぱりと断言し、ミオンは息を呑んだ。

「キリル殿下、私はただただ心配で」

ミオンは震える声で答える。泣き出しそうな顔を作り、情に訴えかけようとしたのだ。

「女官長に命ず。天使は私の客人として丁寧にもてなせ」

キリルの堂々たる姿に、ミオンもアレも呆気にとられた。

にいたま、かっこいい……！

アレは、キラキラとしたまなざしでキリルを仰ぎ見る。

（俺だって！）

リュウホはムカムカとしながら、尻尾をタシリと打ち付けた。

ミオンは頭を下げ、キリルには見えないように唇を噛む。そうしてゆっくりと顔を上げたときには、もういつもの穏やかな顔に戻っていた。

「……それでは、客人としておもてなしさせていただきます」

ミオンはそう言うと、艶やかな赤い裾《すそ》をなびかせて優雅に去っていった。

殿下が私にここまで反抗したのは初めてだわ。これもすべてアレのせい！　覚えていなさい。

ミオンは沸々と湧き上がる怒りを、どうにか腹の底に抑え込んだ。

ミオンが去ったあと、キリルはアレに向き合った。

「ねぇ、天使、ミオンはいつもあんなふうなの？」

キリルにまっすぐな目を向けられてアレは戸惑った。

本当のことを言って信じてくれるかな？　逆に私を嫌いになるかも。

戸惑い言葉を選ぶアレを見て、キリルはすべてを察した。

ミオンが現れただけで、天使は怖がったじゃないか。やはり調べたことは本当だったんだ。

「答えなくていいよ。私は天使の味方だからね」

キリルはギュッとアレを抱きしめた。

（俺が！　一番の！　味方！　なんだからな‼）

リュウホはキリルにどっかりとのしかかる。

アレはキリルを抱きしめ返し、リュウホの背中を撫でた。

「うん」

嬉しくて、胸がいっぱいで、それだけ答えるのが精一杯だった。

◇◇◇

真っ暗な夜道を駆ける、オレンジ色の虎。

ここは紫微城下の東側、後宮『華蓋』である。便宜上、後宮と呼ばれている『華蓋』だが、現在は側妃はいない。

以前から後宮には、ジンロン帝国の従属国もしくは近隣国の人質が住んでいた。その中でも美しい姫などは、皇族から召し上げられることもあったが、それも今では過去のことである。

ジンロン帝国では、現在の皇帝フェイロンに代替わりしてから、皇后の他に妃を取らなくなった。そのため、今の後宮は、側妃ではなく人質の暮らす場所となっている。

学校も店もあり、人質たちは自由に暮らしている。もちろん、はじめの頃は皇帝の暗殺を目論《もくろ》むような者たちもいた。しかし、フェイロンはそれをことごとく返り討ちにし、関係者は一族郎党すべて無慈悲に処断した。

刃向かわなければ快適な人質生活において、リスクを冒《おか》し暗殺を目論む者はいなくなった。大人しく過ごしていれば、帝国の最先端の学問や文化を学べるのである。優秀な者はそのまま官僚として召し上げられる。また、人質の任期が終わり、国に帰れば重宝され、今では帝国で学ばせたい者を人質という名目で送ってくるようになっていた。

ジンロン帝国にしてもそれは願ってもいないことだった。各国の頭脳が中央に集まり、それらと縁を結ぶことができるのである。

オレンジ色の虎は、華蓋の南にあるとある屋敷に入っていった。

ナンラン国の王女の住む屋敷である。ナンラン国はジンロン帝国の従属国で、王女は従属の証しとして送られてきた。いわゆる人質である。

「あら、リュウホ、おかえりなさい」

赤い髪を高く結い上げた王女が微笑んだ。

オレンジの虎はグッと伸びをする。すると、虎は赤い髪の少年に変わった。

赤い瞳、金のピアスはそのままで、リュウホだとわかる。日に焼けた肌、伸びやかで健康的な体躯《たいく》、六歳ぐらいのやんちゃな男の子だ。

リュウホは新月の夜だけ人になることができる。

ナンラン国の王族ルオ一族は、その始祖が伝説の炎虎だといわれていた。稀《まれ》に先祖返りなのだろうか、炎虎の血が濃いリュウホのような者が生まれる。炎虎の血が濃い子どもは、日の光の下で虎の姿になってしまうことがある。

リュウホは炎虎の血が濃すぎ、月の光でさえも虎になってしまうのだ。月の光の届かない新月の夜だけ、人の姿になれるのだ。不便でもあるが、炎虎は人より体が丈夫で身体能力も高いため、ナンラン王国では炎虎の血が濃ければ濃いほど王者の資質と尊ばれる。しだいに、虎型と人型であることをコントロールできるようになるというのだが、リュウホにはまだ難しかった。

炎虎の血が濃い者は成人までに、人になるか炎虎になるか、自分で決めなければならない。成人になり、炎虎になると決意すると二度と人になれないと伝承されている。炎虎になった者の例は少なく、その伝承は不確かだったが、人になることを選んだ者が、その後、炎虎になった例も伝わっていない。

成獣となり炎虎になれば、毛皮は鋼《はがね》のように硬くなりケガや病にかかることもなく、人の五倍も長く生きられるようになる。炎を自在に操り、天翔《あまかけ》る聖獣炎虎となるのだ。炎虎は聖獣の中でも天下一の強さと伝わっていた。

成人し人になれば、ナンラン国の王族として、炎虎の代理者として国を率いる者となる。炎虎ほどではないが、強固な体と炎の魔力は人並みより強い。

炎虎が森を焼き、そこに肥沃《ひよく》な大地ナンラン国を開いたのだと伝説はいう。そんな炎虎にリュウホは憧れ、ゆくゆくは炎虎になれたらと思っていた。

「俺、今、キリルのところにいる」

リュウホがぶっきらぼうに言えば、姉シュアは笑った。

「キリル皇太子殿下でしょ？」

「あんなやつ、キリルで十分。自分の妹もほったらかしで」

「あら、私も耳が痛いわ。弟がまさか私の荷物に隠れて帝都までやってくるなんて。早く送り返したほうがいいかしら？」

「俺はいいの！　俺はねーちゃんを守りに来たの！」

「でも、お姫様のところに行ったきりよね」

シュアが悪戯《いたずら》っぽく言えば、うぐ、とリュウホは言葉に詰まる。

「だって、ねーちゃんが人質になるっていって、それじゃ俺が守ってやるって思って、だけど、ねーちゃんは困ってないもん。アイツは守ってやんなきゃ」

「はいはい、わかってるわよ、リュウホ。お姫様にはうちの下女も助けてもらったもの。あなたもしっかりお姫様を守るのよ」

　リュウホは六つ年上の姉がジンロン帝国へ人質として送られると聞き、居ても立ってても居られずにその荷物の中に忍び込んで来たのだ。しかし、来てみれば人質とは名ばかりで、姉の生活はなに不自由なかった。

　リュウホは華蓋の生活に早々に飽きてしまい、紫微城内を探検しているうちにトラバサミにかかったのだ。

　シュアもリュウホを見つけたとき、国に返そうとはした。しかし、炎虎の血の強いリュウホを本気で止められるとは思わなかった。ナンラン国では炎虎を制御してはならないといわれている。自由に生かす、その後始末は王族が命を張って引き受ける。そのせいもあり、リュウホは甘えん坊でわがままに育っていた。

　シュアはそれも問題だと思い、帝都でいろいろな経験を積ませるのもひとつの手だと思った。母国にはリュウホを帝都で預かると連絡し、手元に置くことにしたのだ。

　そのせいで人型を保《たも》てないのかしらね。

シュアは思う。シュアも子どもの頃は何度か虎型になったものだったが、今では虎になることはない。リュウホほどずっと虎の姿を保ち続ける者は一族でも珍しいのだ。

リュウホは新月の夜になるとシュアのもとへ帰ってきて、人として魔法や剣術の訓練をしていくのだ。

少しは勉強もしてほしいけれど。

シュアは思いつつ口には出さない。リュウホはまだ六歳で、勉強がきっかけで人になるのを嫌がってしまうかもしれないからだ。

一息ついたリュウホにシュアはラッシーを差し出した。

「ラッシー飲む？」

「飲む」

ゴクゴクと喉を鳴らしてラッシーを飲む。ナンラン国の食べ物は皇宮では出ないからありがたい。

「ねぇ、ねーちゃん、俺どうしたら人型になれると思う？」

リュウホがシュアを見た。

「人になりたくなったの？　炎虎のほうがいいって言ってなかった？」

「炎虎のほうが強くて格好いいからな！　でも、なんか、人のほうがいいかもしれないかも」

リュウホはゴニョゴニョと答えた。

「そう。どうして人になりたいかわからないとダメよ？」

「ええ～？　うーん、人になれば、アイツを俺も抱っこできる。俺、王子だしな！　変なこというやつ蹴散らしてやるんだ！　あ、でも舐めたらダメか。ん？　虎のほうがいいか。守ってやるなら強いほうがいい」

「リュウホはお姫様を抱っこしたいの？」

「うん！　キリルばっかずるい、いやーな顔して俺のこと見下すんだ。あと、高い高い、好きなんだって！」

　リュウホの答えにシュアは笑う。

「よーく考えなさい。もし人になりたいのなら、人になりたいと強く強く願うの。はじめは日光の影響を受けない夜にしたらいいわ」

「わかった！　ねーちゃんはどうやった？」

「私はリュウホほど血が濃くなかったから、昼間でもたまに虎になるだけだったわよ」

「そうなの？」

「でも、そうねぇ、虎だとドレスが着られないじゃない？　私それが嫌だったのよ」

「そんなもんかー」

　シュアは答えて、「初恋の人に虎の姿を見られたくなかった」という本当の理由は黙っていた。

「リュウホ、お姫様に自分のことは話したの？」

　シュアの問いに、リュウホはグッと口をつぐんだ。

「言ってないのね？」

「だって、アイツ、俺が炎虎だって知って、格好いいって言ったんだ」

「まぁ、良かったじゃない」

シュアが笑えば、リュウホはカッとした。

「良くない‼　アイツ、炎虎のリュウホが大好きなんだ！　人じゃない……」

しょんぼりとうなだれるリュウホの頭を、シュアはよしよしと撫でた。

リュウホは私と逆なのね。人の自分に自信がないんだわ。これは人型になるのは難しいかもしれないわね。

シュアはリュウホに金貨を持たせた。

「もう一度お手紙を書きましょうか？　私からリュウホのことを伝えてもいいのよ？」

シュアの申し出に、リュウホは頭を振った。炎虎の秘密は、ナンラン国でも王族しか知らないのだ。ジンロン帝国では、炎虎の伝説を知ってはいても、それが実在することすら半信半疑だろう。まして、王族だとは思うまい。

「いい。アイツにはいつか自分で伝える」

「そう、ではキリル皇太子殿下にリュウホのものはこちらで買ってとお手紙をつけておくわね」

「うん、ありがと」

リュウホは手紙を受け取ると、月のない夜道へ駆けていった。

アレの待つ北辰宮が、今はリュウホの帰る場所だった。

ななしの皇女と冷酷皇帝

皇帝フェイロン・シン・レイは、トンフェンでの遠征に勝利し、帝都へ帰ってきた。

当初、制圧には時間がかかると思われていたが、金龍と天使が紫微城に現れたあとは、怒濤《どとう》の勢いで制圧し、当初の予定よりもずいぶん早い凱旋だった。特に、金龍の報告を受けた後のフェイロンの活躍はめざましく、ちまたでは、金龍と天使の加護があったのだと噂されていた。

城内に入ったフェイロンには、嫌でも天使の話題が耳に入った。どれも好意的なもので、戦勝の祝賀ムードもあってか、皆、口が軽くなっているようだった。

皇太子が天使を発見し、保護したこと。その天使が、城内を歩き回り、身分の違いに関係なく皆に癒やしを与えていること。皇帝がいない紫微城内で、問題が起こらなかったのも天使のおかげだとまで言う者もいた。

もちろんフェイロン自身に直接言う者はいない。いなくとも耳に入ってしまうほどには噂になっていたのだ。

凱旋式後の戦勝祝賀会では皇太子キリルと久々に親子で並ぶ。

「天使を保護したのか」

父の第一声がそれでキリルは少し驚いた。母を亡くしてからの父は、キリルと政務的な話はしても、キリル自身に関心を向けることはなかったからだ。

「はい」

キリルはアレを思い出し、思わず頬が緩んでしまう。今アレはキリルの部屋で寝ている。夜も更けてきており、そもそも皇帝に疎まれているアレは凱旋式に出られるはずがない。

フェイロンは思い出し笑いをするキリルを見て驚いた。キリルもまた、母を失ってから自然な笑顔を失っていたからだ。母を亡くしたばかりの頃は無理に笑おうとしているのがわかり、痛々しかった。妻の面影の残る我が子のそんな顔を見るのが辛く、フェイロンはキリルを遠ざけてきた。しかし、遠征から戻ってみれば、キリルは自然と笑えるようになっていた。

これも、天使のおかげなのか。

フェイロンは、自分の剣に結びつけてあるアレからもらった端布を握りしめた。

キリルはフェイロンを窺うように見た。

「金龍と炎虎に守られた天使です。父上にも紹介したいのですが」

フェイロンはキリルをギロリと睨んだ。

「お前が、私に、か？」

フェイロンは不愉快だった。アレには自分のほうが先に出会っており、お守りとして端布ももらっている。あとから出会ったくせに生意気だ、とキリルに感じたのだ。自分の物を横取りされたような不快感だ。

そうして、それがいかに大人げなく不当な感情か、すぐに気がついた。そもそも、遠征に行く前は、帰ったらアレを殺すつもりだったのだ。それなのに、横取りされると思うなどおかしなことだった。

それに、魔法文字を教える者として、アレは私を頼っていたが、それが父だと知ったら、同じようにはしてくれまい。自分を土蔵に追いやった父など、きっと恨んでいるに違いない。

そうフェイロンは気がついたのだ。

キリルは萎縮する。失敗したと思った。それでもなんとか、アレを皇女として北辰宮に住まわせたい。

「……父上」

「わかった」

フェイロンはキリルの言葉を遮って、それだけ言い黙り込んだ。

父上はお怒りではない？

キリルは意外に思いつつ、ここでこれ以上の話はすまいと決めた。

フェイロンはつまらない祝賀会など終えて、早く北斗苑に行きたかった。

北斗苑の標樹、アレと魔法文字のやりとりをしたあの場所へ行き、無事に帰ったと伝えたい。しかし、北辰宮にいるのなら、もうあの場所には来ないだろう。もう教えることもできない。

フェイロンはそう思い、胸が痛んだ。

おかしい、遠征に行く前は、次に見かけたら斬るつもりでいたのに。それなのに、また教えたいだなんて、馬鹿げているではないか。

フェイロンは自分で自分がわからなくなっていた。

◇◇◇

アレはリュウホと一緒に北斗苑の標樹に来ていた。

（なんの用があるんだよ）

リュウホが問う。

「あのね、リュウホにであう前、ここにまほうもじ、おしえてくれる人がきてたの。会ったことはないんだけど、字をかいておしえてくれて。このあいだのえんせいにその人も行ってたの。だから、そろそろ、帰ってくるかもしれないから」

ループ前は、五百日戦争と呼ばれていた遠征だった。長く過酷な戦いが、ジンロン帝国を弱めたのだと言われていた。それなのに、今回は百日もかからずに制圧してきた。

歴史が変わってる？　もしかしたら、この先も変えられる？

アレは少しの希望を抱く。

そして、帝国軍が勝利を収めたことで、騎士も無事に帰ってきたのではないかと思ったのだ。

キリルに用意してもらった便せんに、丁寧に手紙を書いてきた。豆の形をした石の上に、その手紙を置く。

（ラブレターかよ）

リュウホは不機嫌に言う。

「そんなんじゃないけど。ぶじに帰ってきましたか？　わたしはげんきです、って」

（『天使』ですって書いたか？）

「まさか！」

（会いに来てくれるかもしれないじゃん）

「北斗苑にいたわたしにまほうもじを教えたなんてバレたら、しょけいされるかもしれないもの……。だからね、もうまほうもじはいいです、ありがとうございましたって書いたの」

しょんぼりとアレは俯いた。本当は一度会ってちゃんとお礼が言いたかった。その視線の先に、黒いブーツのつま先が見えた。アレは驚いて顔を上げる。

リュウホも毛を逆立てる。ブワリと尾っぽが炎のように広がった。

（コイツ、ヤバイ！　気配がないぞ！）

リュウホが吠えた。アレはマジマジとその人を見た。

銀の長い髪が、夜の風に流れている。左側だけ下ろされた前髪。切れ長の瞳は氷河のように冷たく輝く。細い眉、細い顎、鼻筋もスッとして涼しげな男。アレは知らないが、ジンロン帝国皇帝フェイロンである。

白い着物には黄金の龍の刺繍。脇に差された黒い剣には、天使の守護印の書かれた端布が結びつけられている。手は剣にかかっており、いつでも抜けるよう臨戦態勢を取っているようにも見えた。

「きし、たま、でしゅか？」

アレの問いに男は答えない。

「まほうもじをおしえてくれた……」

アレはそう尋ねた。男はコクリと頷く。

「ぶじだったんですね！　よかった！」

アレがパッと笑顔になる。闇の中に咲いた花火のような眩しさにフェイロンは怯《ひる》み、一歩後ろに下がった。剣にかかっていた手がダラリと落ちる。

「あの、わたし、もう、ここにこれなくて、いままでありがとうっておてがみかいて」

アレは一生懸命に話しかける。

「リーナ……」

フェイロンが呟いた。アレは意味がわからず小首をかしげる。

「アンゲリーナ」

二度目はハッキリとそう言った。アレは同じように呟く。

「……アンゲリーナ？」

フェイロンはとっさに口元を押さえ、力なく膝をついた。カシャリと剣が音を立てる。アレは、目の前に跪いたフェイロンに手紙を差し出した。

フェイロンの手は、差し出された手紙をとおり越し、柔らかな頬に触れようとした。

その瞬間、リュウホがその手を払おうとアレの前に躍り出た。猫パンチが繰り出される。抜かれた剣にリュウホの爪が当たり、キンと赤く光が爆《は》ぜた。

フェイロンはリュウホを見て残酷に笑った。皇帝にたてつく生意気な猫を、条件反射で殺そうと思った。

　リュウホはためらいのない殺意にゾッとする。

（逃げろ、こいつ、ヤバイ）

　野性的な危機感がリュウホを突き動かした。

「リュウホ？」

（ちゃんとつかまれ！）

　リュウホはアレの襟を咥《くわ》え、ブンと背中に投げた。アレは慣れた様子でリュウホの背中にしがみつく。そのとき手紙がアレの手から離れた。フェイロンはその手紙を慌てて掴む。

　リュウホは脱兎《だっと》のごとく逃げ出した。

「どうしたのリュウホ！」

（あいつはだめだ、やばい。もう会うな‼）

　フェイロンは去っていくアレを追わなかった。ただ見えなくなるまで目で追っただけだ。

　そうしてふたりが見えなくなってから、アレの手紙を開いた。便せんから漂ってくる標樹の香油の香りに、フェイロンは目を細めた。

　ファイーナ……。

　もう凍りついたはずの心の奥に温かい灯がともる。恋しさと切なさが胸の奥で揺れる。息をつけば、その灯がかき消えてしまいそうで、フェイロンは息を殺した。

　たどたどしい文字。それでも遠征に行く前に比べてずっと美しくなった文字。三歳とは思えない手紙。アレの成長を前にして微笑ましく思う。

出会った頃は地面に枝で書いていたからしかたがないか。

そう思い、その状況へ追い込んだのが誰でもなく自分だったと思い出す。皇女でありながら、アレは自分のペンも紙も持っていなかった。古布の切れ端に、草木の汁を使って指で字を書くほど、彼女は自分の物をなにも持っていなかった。顔もわからない誰かに教えを請うほど、学ぶことに飢えていた。

勉強道具を与えるなと命じたことはなかった。ただただ、関心を持ちたくなかった。いないことにしたかった。私がそうすることで、あの子になにが起こるかまで考えられなかった……。

息が苦しくなり、指先が震える。フェイロンは大きく息を吐いた。人はそれをため息と言うだろう。鈍く痛む胸に、ジジと音を立てて黒い煙が立ち上る。肺が煤《すす》けて苦しい。

後悔、か。

フェイロンは鼻先に便せんを当てて息を吸った。爽やかな香油の香り。妻に贈ったものだ。胸に漂う黒い煙が薄くなる。

後悔してるなら、やり直せるわ。

ファイーナの声が聞こえた気がして、フェイロンは顔を上げた。

声だけで良い、もう一度。

「ファイーナ。私は許されるのだろうか」

フェイロンの問いかけに、答える者はない。

標樹がチカチカと瞬いている。

許されるはずはない。

フェイロンは自分がなにをしてきたのか自覚していた。自分が幼い頃、自らの父がしたことと同じことを娘にしたのだ。フェイロンの父は、なんの罪もないフェイロンを憎み、追いやった。その結果、フェイロンは父を殺した。

子どもは親を選べない。自分自身が一番知っておきながら。私が、同じ愚を犯した。殺されてしかるべき愚を。

アレと関わる前のフェイロンは、殺されるならそれもいいと思っていた。ファイーナを失い生きる気力を失い、なにもかもどうでも良かったのだ。だからこそ、誰に対しても冷酷非道な態度がとれた。恨みを買うことは怖くなかった。もちろん何度も殺されかけた。しかし、強すぎるフェイロンを殺してくれる者は現れず、今に至る。

私が父だと知ったら、リーナはガッカリするだろう。

あの青空のような瞳が、軽蔑《けいべつ》の色を宿すところを想像し、フェイロンは身震いした。

そして、驚く。

まだ、怖いものが残っていたのか。

フェイロンは唇を噛んだ。手紙を額に宛て夜空を仰ぐ。目尻が熱を持ち、便せんの角が水に触れて夜が透けた。

心の泉は涸《か》れ果ててなどいなかった。

◇◇◇

フェイロンは皇帝の執務室にいた。

遠征の戦後処理と称して、北辰宮には寝に帰るだけの日々を送っている。

キリルから、控えめに『天使』について話しかけられたが、まだ心の整理はついていなかった。会いたいと思う反面、どんな顔をして会えばいいのかわからないのだ。結局、天使は天使として黙認し、問題を先送りにしている。

夜、子どもたちが寝静まったあと、こっそりと寝顔を覗きにいく。そうして、名前を明かさずに娘に贈り物を届ける。

アレは次々と送られてくる匿名の贈り物に戸惑っていた。クローゼットに増える宝石類、机には最新の魔法書や、色とりどりの紙。青白く光る鳥の羽根ペンがペン立てに無造作に挿さっていたときは、キリルでさえのけぞった。

「これは、東方の青鷺火《あおさぎび》の羽根……」

不器用な父の行きすぎた行動にキリルは苦笑いしつつ、安心した。父は会いには来ないが妹を邪険にしようと思っていないとわかったからだ。

アレは、ただただ困り果てた。土蔵住まいだったアレには価値がわからない。ただ、希少なものなのだろうと思うからおいそれと使えない。そもそもプレゼントなど、三歳の誕生日にマルファからもらった服とケーキが初めてで、知らない人からもらっていいと思えなかった。

「こんな、いっぱい、りっぱなもの、こまる」

プレゼントを受け取り慣れていない妹の様子に、キリルは心を痛めた。

「気にせず使っていいんだよ。そうしたほうが相手も喜ぶ」

そして、戸惑うアレに気にせず使うように勧める。

「よろこぶ？」

「うん、使ってくれたら嬉しい」

「うん、わたしもいっぱいうれしい！」

アレが笑ってキリルも笑った。

この笑顔を見られないなんて、父上は少し不憫だ。

そして、不器用すぎる父に思いをはせた。


フェイロンは今日も執務室にいる。戦後処理を理由にして、ミオンの面会も拒み続けてきたのだが、それも限界に来ていた。

ミオンが執務室に入ってくる。困り果てたというような沈痛な面持ちだった。

フェイロンの脇には宰相トウミが立っていた。

「皇帝陛下、女官長より後宮内の問題について報告があるとのことです」

トウミは業務的に告げる。フェイロンも業務的にミオンを見た。

ミオンはその業務的な表情に、フェイロンのアレに対する無関心を確信し安心した。ミオン自身はたっぷりと感情を込めた切実な声で話し始めた。

「私の監督不行き届きで、『アレ』が北辰宮におります」

「そうか」

フェイロンの答えはミオンの想像からはかけ離れていた。事実を伝えれば、怒り出すと思っていたのだ。あまりにも素っ気ない様子に、ミオンは戸惑う。

「キリル皇太子殿下がお可哀想に『天使』などと騙されて、客人としてもてなすとおっしゃいまして……。私はそれに逆らえず」

「わかった、下がれ」

フェイロンはそれだけ言うとミオンに手を振って下がらせようとする。ミオンは焦り、食い下がる。

「しかし、陛下、このままでは皇太子殿下に悪影響がございます。勉学の時間にまで、アレを同席させ、虎と遊びながら過ごすとのことですわ」

フェイロンの眉がピクリと動く。

「虎？」

「はい。オレンジ色の虎です。恐ろしく獰猛《どうもう》な虎で、アレの言うことしか聞かず手を焼いております。私も恐ろしくて恐ろしくて……」

フェイロンは、自分の剣を爪で弾いたオレンジの虎を思い出し、苦々しく思いつつ、興味もあった。フェイロンは純粋に強いものが好きだ。

「報告では、炎虎だと聞いた」

「炎虎だとアレが嘘をついているのです。……炎虎はナンラン国の聖獣です。そんなものを信じていらっしゃるのですか？　アレが騙《かた》っているだけです」

フェイロンはチラリとミオンを見た。

「金龍も存在しないと？」

ミオンは言葉を選び答える。

「いえ、ジンロン帝国の聖獣と、蛮族の聖獣を同列におくことなどできません。仮に、蛮族の聖獣がいたとしても、紫微城内にいるわけがございません」

ミオンの言うことにも一理あった。炎虎の出現はにわかには信じがたい。

炎虎であれば私の剣を弾くこともあろう。ただの虎の子にそんなことが可能か？　しかし、伝説上の炎虎は誰の下にもつかないはずだが、なぜあの子を守った？

フェイロンはトウミを見た。

「まずは客人という『天使様』にお会いになってはいかがでしょうか」

トウミは表情も変えずに答えた。

フェイロンは黙った。いつまでもこのままというわけにはいかない。わかっているが、自分が父であることを知られるのが怖かった。

無言のフェイロンを見てミオンは安心した。フェイロンがアレを疎ましく思っていると判断したのだ。

「お忙しい皇帝陛下を煩わせる必要はありませんわ。陛下の視界に入らぬよう、私がいたします。ただ、皇太子殿下に逆らうことになることをお許しいただければと存じます」

フェイロンは黙ったまま考えていた。ミオンに任せれば、以前と同じ状況に戻る。学ぶことも許されず、粗末な衣食住を強いられる。そうなった原因はもちろんフェイロンにあるのだが、モヤモヤとしていた。

指先でカツカツと机を弾く。

あの子のくれた『天使の守護印』は、何度も我が軍を救ってくれた。戦いが早く決着したのも、金龍とあの子のおかげだ。すぐにでも皇女として迎えてやりたい。しかし私が誰か知ったら彼女は怯えるだろう。冷酷非道な父のことを恨み憎んでいるはずだ。

アレの空色の瞳が、憎しみで燃える姿を想像して、フェイロンは唇を噛んだ。

すべて自分の蒔《ま》いた種だ。そんな顔は見たくないが、このままというわけにはいかない。

ミオンとトウミがフェイロンの判断を待っていた。

フェイロンは指を止め、決意したように顔を上げた。

「わかった」

そう呟くと、ミオンはパッと微笑んだ。トウミは目を逸らす。

「それでは、」

「ああ、天使、そして炎虎をここへ呼べ」

ミオンはほくそ笑む。

「ただいま、私が行って参ります！」

ミオンの退出を確認し、フェイロンはトウミに問いかけた。

「女官長は北斗苑の管理に積極的なのか？」

「もともと真面目な性分ですので」

トウミは気まずい気持ちでそう答えた。


ミオンは意気揚々としてアレのもとに向かう。

フェイロンの後ろ盾を得て、アレを処罰できると考えたのだ。「見たら殺す」と言っていたフェイロンだ。目の前に連れ出せば処刑は確定だろう。

そうすれば、皇子はキリル殿下おひとりになり、皇帝の血統を守るため妃を取るように進言することもできるわ。

キリルの部屋へ赴けば、そこにアレはいなかった。侍女に聞けば華蓋にいるという。ミオンは護衛の騎士を引き連れて華蓋に向かう。茶色い髪の騎士と灰色の髪をした騎士だ。

華蓋でアレは、人質の子どもたちと一緒に鬼ごっこをして遊んでいた。ジュンシーから、たくさんの人に天使の存在を知ってもらったほうが良いと言われ、アレは積極的に外に出ることにしていたのだ。

たしかに、いろんな人に知ってもらっていたほうがいいよね。

アレの存在が消せない事実になれば、その分命の安全が確保されると思った。ひっそりと存在も知られず土蔵で暮らす子どもをひとり消すのとでは訳が違ってくる。

小さいアレはリュウホにまたがって鬼ごっこに参加している。その姿をジュンシーが見守っていた。

ワイワイと戯れる子どもたちの姿に、ミオンは苦々しく思う。

こんな蛮族の子どもと仲良くするだなんて！　やっぱり卑《いや》しい子。

「アレ‼」

ミオンはいきなり叱りつけた。

予期せぬミオンの登場に、アレは驚き体が固まる。スッと血の気が引いて、顔が真っ青になる。

ジュンシーも姿勢を正す。

子どもたちも厳しい声に驚き動きを止めた。ヒソヒソと周りの人々が「女官長だ」と囁きあう。

「こんなところでなにをしているのですか？　お前のいて良い場所ではないでしょう？」

リュウホはアレを乗せたまま、ふいと背を向けて歩き出した。

ミオンは気持ちが逆撫でされる。

「アレとその虎、皇帝陛下がお呼びです」

ズンと重い一言。空に大きな雲が走り、影が落ちる。

リュウホは足を止めた。

（俺も？）

アレはなにも言えない。ミオンは満足げにニンマリと笑った。

「行きますよ」

優しげにミオンは言った。冷たい風がアレの頬を撫でる。

「天使様、行っちゃうの？」

「しっ！」

子どものひとりがアレに駆け寄ろうとして、周りの大人に止められる。ザワザワと人々が様子を窺っている。アレは息をひとつ吐くと、決意したように顔を上げた。

「リュウホ、行こう」

（行くのか？）

リュウホが尋ねる。アレはコクリと頷いた。

「逃げちゃいけない」

遅かれ早かれ皇帝には会わなければならないのだ。遠征から帰ってきたと聞いたとき、その日のうちに処罰されるかもしれないと思っていた。キリルは守ってくれると言っていたが、いつまでもこのままではいられないのだ。

それに、五歳までに名をもらう、そのためにできることをしなくちゃ。ピンチはチャンスだって、酒場のおじさんも言ってた。

アレは覚悟を決めた。

「行こう。リュウホ」

（ああ）

リュウホはアレを乗せたまま歩き出した。

「下りなさい」

ミオンがアレに命じる。

「陛下の御前《ごぜん》に虎で向かうとは無礼千万《ぶれいせんばん》」

（なんだとっ！）

「わかりました」

アレは大人しく従う。

「しかし、幼児の足では時間がかかります。私が抱いていきましょう」

ジュンシーが声をかけた。ミオンはジュンシーを睨む。

「お前はなぜここにいるの？」

「私は」

「お前はなにか勘違いしていない？　いくらキリル殿下の信用を得ようとも、後宮に権限などないのですよ」

ミオンは優しく優しく諭す。そうして、ジュンシーの耳元にそっと唇を近づけた。

「恥を知れ」

ミオンは周りに聞こえないように囁いた。ジュンシーはゾッとして俯いた。皇帝が帰ってきた以上、後宮で自由にはさせないとミオンはジュンシーに宣言したのだ。

「じぶんで、あゆく」

アレはまた舌を噛み、顔を真っ赤にした。茶色い髪の騎士が、アレの前に跪き安心させるように微笑んだ。

「ゆっくり参りましょうね？　足が痛くなったら言ってくださいね？」

「うん。ありがとうございます」

ミオンはそのやりとりにイラッとする。

「行きますよ‼」

厳しい声が響いた。ミオンはアレに背中を向ける。

アレはミオンの後ろをついていった。ジュンシーもそのあとについていく。護衛の騎士に挟まれて、広く長い直線の道を幼女が歩く。まるで罪人を連れてゆくようで、哀れみの目が向けられた。茶色い髪の騎士は何度も何度もアレを振り返る。気遣っているようだ。

「なにをしているの！　早くなさい‼」

たびたび足を止める騎士をミオンは叱責《しつせき》した。

「お急ぎならば、抱いたほうが早いのでは？　幼児の歩幅は大人とは違います」

ジュンシーが言えば、ミオンは軽蔑するような目を向け黙った。

天鉞楼の階段は一段が高い。アレは手をつきながら、黒く磨かれた階段をヨチヨチと上った。

リュウホはアレのお尻を鼻先で押して、登るのを手伝ってやる。

茶色い髪の騎士などは、両手を握りしめ、小声で「がんばれ！　がんばれ！」と応援していて、アレは思わず笑ってしまった。

皇帝が使う執務室は最上階の九階にある。やっとのことで登りついたとき、アレのスカートは汚れきっていた。手のひらも汚れている。パタパタと手を払い、スカートの埃《ほこり》を払う。泣きもしないその姿がジュンシーには悲しく映り、ミオンには忌々しく思えた。

それも、これでおしまいよ！

ミオンは執務室の扉を開いた。

「皇帝陛下、アレを連れてきました」

そう言うと乱暴にアレを引っ張り、皇帝の前に出した。アレは目の前にいるフェイロンを見て目を見張った。

標樹の……騎士？

（こいつ！　皇帝だったのか‼）

「頭《ず》が高い‼」

ミオンはそうきつく窘め、アレの頭を押す。思わずよろめき、そのまま跪いた。

兄様はしなくてもいいと言っていたけれど、皇帝は許さないかもしれない。

アレは息を止め、必死に覚えてきた有職故実を思い出す。最大限の礼。そうして床に頭を打ち付けようとした瞬間、目の前に手が差し出された。

「大丈夫か？」

フェイロンだった。アレは思わず手を取ろうとし、自分の手のひらが汚いことに気がついた。

慌てて手を拭おうとしてハンカチを探し、ドレスも汚れていることに気がついた。

「よ、よごれましゅ」

また噛んだー‼　大事なときに噛むのどうしてなの⁉

アレは半泣きになり俯く。

「気にするな」

フェイロンはそう言うと、自分の着物でアレの手を拭いた。

「ありがとうございましゅ……」

小さな声でアレは答える。緊張のあまり、口がこわばり上手く話せない。

フェイロンはアレの手を取り、立ち上がらせた。

この人、皇帝陛下、なんだよね？　見たら私を殺すと言っていた人なんだよね？　このまま殺されちゃうの⁉

アレは半泣きのままカチコチになる。

「皇帝陛下、ご挨拶がまだでございます」

ミオンは内心イライラとしながら、柔らかく指摘した。

「このような小さな子、挨拶など必要ない」

フェイロンは罪人のように連れてこられたアレを見て怒りに震えていた。自分の積み重ねてきた無関心の結果を目《ま》の当たりにして、自分が許せなかった。そして、いくら娘から嫌われようとも、憎まれようとも、これからはなにがあっても守ると決意した。

周囲の宮人たちはそんなフェイロンの姿に戸惑い、ジッと様子を窺っていた。トウミが困ったように眉を下げた。

　アレはオズオズと顔を上げ、フェイロンに願う。

「ごあいさつをさせていただきとうごじゃいましゅ」

「そうか」

　フェイロンは無表情のままアレを見つめた。

　小さな可哀想な子どもというだけで特別扱いされてしまうと、その後ミオンになにを言われるかわからないもの！

　アレは跪き、頭を床につけようとした。

　その様子を見て宮人たちがザワつく。今では誰もしない、前皇帝時代の最大の礼を幼女がしようとしていることに驚いたのだ。

「三跪九叩は廃止された。立ちなさい」

　トウミが慌てて制止させる。

　アレは立ち上がり、胸の前で左手の拳に右手をかぶせ、拱手の姿勢を取る。

「あまくものかずちのうえよりたまいし、てんていのけつみゃく。きんのうろこのもちぬし。ジンロンていこくのりゅう、フェイロンこうていへいかにごあいさつもうしあげます。ジンロンていこくにひかりあれ」

　アレが挨拶を述べると、執務室はシンとした。トウミは満足げに頷いた。アレは頭を下げ、ダラダラと冷や汗をかいた。

ど、どうしよう……。まちがってた？

ミオンは、怒り心頭な面持ちでアレを睨んでいた。

いつこんなものを覚えたの？　どうせ挨拶をさせればぼろが出て、それを理由に不敬に問えばいいと思っていたのに！

「こんな子どもに三跪九叩など叩き込んだのはお前か、ミオン」

フェイロンの声は冷たかった。ミオンはグッと拳を握りしめた。

「いいえ、私はそんな」

「では、この子が自ら覚えたというのか？」

ギロリとフェイロンがミオンを睨む。

「わたし、じぶんでおぼえました。だって、だれもべんきょうおしえてくれなかったから」

アレが答える。その答えにフェイロンはガツンと殴られた気がした。

そうだ、私がこの子になにも与えようとしなかった。それなのに、この子は自分で手に入れようと努力した。

胸に迫る熱い感情が、フェイロンにはなにかわからない。それでも、目の前の子どもに触れたいと思った。

フェイロンは感情のまま、アレの頭を撫でようとした。アレは驚き、ギュッと目を瞑り体を硬くする。殴られると思ったのだ。

フェイロンはその様子に戸惑い、上げた手をさまよわせ、ゆっくりと触れるか触れないかの力でアレの髪に触れた。

もしかして、撫でようとしてたの？

アレはオズオズと顔を上げる。

「正しい礼であった」

フェイロンはぶっきらぼうに、ぎこちなく言った。

褒めている……んだよね？

アレは殴られないとわかって体の力を抜いた。思わず安心してヘニャリと笑う。その途端、フェイロンは唐突にアレを抱き上げた。

「こうていへいか‼」

アレは慌てる。

「リーナ……」

フェイロンの声に宮人たちが息を呑んだ。

「リーナ？」

アレは小首をかしげた。標樹の下でもそう呼びかけられたのを思い出したからだ。

「リーナ、お前の名前はアンゲリーナ。母が名付けた、天使という意味の名だ」

「……アンゲ、リーナ。アンゲリーナ……」

アンゲリーナは自分の名前を初めて呼ばれ、口の中で味わうように復唱した。

兄様は知っていたの？　知っていて、天使と呼んだの？　生まれる前から、名前があったの？

はじめから、アレじゃなかったの？

ブワリと胸の奥が熱くなってくる。

「そして私はお前の父だ」

「……とうたま？」

アンゲリーナが涙をたたえて小首をかしげる。宮人たちは、ハゥと胸を押さえた。

「そうだ、お前のとうたまだ」

フェイロンは静かに頷いた。

フェイロンの一言に、周囲は驚き目を逸らした。柔らかく温かい空気に、ニヨニヨと顔がほころぶ。冷酷非道と呼ばれている皇帝が、自らを「とうたま」などと称すると誰も思わなかったからだ。

トウミは目頭を押さえた。愛妻を失ってから、心を失ってしまったようだった甥が、心を取り戻したように見えたのだ。

「とうたま」

もう一度アンゲリーナが呟く。フェイロンはアンゲリーナの小さな手を取って、自分の頬に当てた。

「そうだよ、アンゲリーナ。私はお前のとうたまだ」

アンゲリーナの胸の奥でなにかが弾けた。

この人が、父。私を捨てた、皇帝。

皇帝に認められなくてはいけない。きちんとしなければいけない、そうわかっていても、感情が抑えられない。涙の結界が壊れて、頬にポロポロと雫が転がる。

何度ループしても、一度も会えなかった父。憎まれた記憶はあっても、愛された記憶はない。愛を求めたこともない。どうせ求めても無駄だと知っていた。だから、命さえ助かればそれでいいと思っていた。父に向ける感情などとうに消えたと思っていた。そのはずなのに、激情がアンゲリーナの胸の中で嵐を起こした。

こうやって認めてくれるなら、なぜもっと早く迎えに来てくれなかったの？　そもそも、どうして追い出したの？　名前も決められていたはずなのに、どうして『アレ』だなんて‼

アンゲリーナはフェイロンの胸をドンと叩いた。

「どうして！」

恨む気持ちが言葉にはならず、たった一言の嗚咽《おえつ》になる。胸の中がグチャグチャだ。

「すまない」

フェイロンは答え、ギュッとアンゲリーナを抱きしめた。

アンゲリーナは嫌々をしながらフェイロンの胸をドンドンと叩く。フェイロンは叩かれるのもいとわずに、アンゲリーナを抱きしめて離さない。もう二度と離さないと決めたのだ。

「すまない。すまない。私がすべて間違っていたのだ」

そんな簡単な謝罪で、三度のループで嘗《な》めた辛酸を許せるはずはない。アレなどと呼ばれなければ、皇帝の娘でなければ、三度も殺されることはなかった。

でも、それなのに、どうして嬉しいの？　嬉しいなんて思いたくない。期待して裏切られたくない！

アンゲリーナは自分に混乱し身じろいだ。靴がフェイロンの剣に当たる。その剣にはアンゲリーナが騎士に贈った『天使の守護印』がまだ結びつけられていた。

この人、だったからか。私のことをなにも尋ねず、魔法文字を教えてくれた人。戦が終わったのに。無事に帰ってきたのに。汚くて、立派な剣につけるものではないのに。大切にしてくれている……。

アンゲリーナはそれに気がついて涙が止まらない。父としてのフェイロンは最低だ。許せない。しかし、魔法文字を教えてくれた騎士は、アンゲリーナにとって間違いなく大切な人だ。その人まで否定できない。

「おまもり、すてなかったの」

「捨てられるわけなどない」

「……」

「私に天使の守護を与えてくれてありがとう。アンゲリーナ」

フェイロンの言葉に、アンゲリーナは思わず微笑んでしまい、慌てて唇を噛んだ。

騎士が無事だったのは嬉しい、でも、父様に笑うのは嫌。

気まずくて、また胸を叩く。しかし、フェイロンは腕を緩めない。どんなにアンゲリーナが暴れても、力強く抱きしめたまま離さないフェイロン。アンゲリーナはもう怒っても泣いても処刑されないと気がついた。

もう、我慢しなくていいの？　顔色を窺わなくても？

アンゲリーナは涙に濡れた頬をグリグリとフェイロンの高価な着物に押しつけてみる。それでもフェイロンは怒らずに、アンゲリーナの背中を不器用にトントンと叩いただけだった。

もういいんだ。この腕に甘えていいんだ。

アンゲリーナはホッとして、体の力を抜き、フェイロンの胸に体を預けた。

フェイロンはそんなアンゲリーナを右腕に腰掛けさせるように抱き直し、執務室を見回して宣言した。

「皇女アンゲリーナだ」

その一言で、周囲の宮人たちが、アンゲリーナに向かって胸の前で右手の拳に左手をかぶせた。

黙っていられないのはミオンだ。

「お待ちください！　皇帝陛下！　まだアレは三歳です。五歳の命名の試練を前に皇女などとは前例がございません！」

その瞬間、リュウホがゴウと吠えた。

リュウホの咆哮《ほうこう》は熱風となり、ミオンとフェイロンに襲いかかった。炎虎の炎は守護する者を傷つけることはない。しかし、そのほかの者には容赦がなかった。

「きゃぁ！」

あまりの熱さにミオンがよろめく。ミオンの髪が熱風に煽《あお》られパチリと音を立てた。焼けた匂いがする。

　フェイロンはその腕でアンゲリーナを庇った。フェイロンの魔法と炎虎の炎がぶつかって、風が渦を巻く。フェイロンの腕をジリと焦がす。しかし、熱風はアンゲリーナに触れる前に熱を失い、ピンク色の髪を巻き上げただけだった。

「炎虎の炎は守りの炎とは本当だったのか……」

　トウミが呟いて、恐れと敬意のまなざしでリュウホを見た。

　リュウホの咆吼はアンゲリーナの耳元をさらした。左の耳の裏。そこにはキラキラと光る金の鱗が見えた。

「逆鱗か……！」

　フェイロンは思わずアンゲリーナの逆鱗に触れた。フェイロンの持っている逆鱗と同じだ。しかし、逆鱗は本来五歳になり、命名の試練を乗り越えた者だけが、皇族の名字とともに与えられるものだった。

　ミオンも目を見張る。

　アンゲリーナは意味がわからずにキョロキョロと周りを見回した。

「げきりん……？」

　金龍から逆鱗を与えられたとき、アンゲリーナは寝ており、自分が逆鱗を授かったことを知らなかったのだ。

　フェイロンはアンゲリーナの桃色の髪を耳にかけてやり、小さな指を左耳の裏に導く。

「ここに皇位継承者の証し、逆鱗がある」

アンゲリーナはリュウホを見た。

「リュウホは知ってたの？」

（金龍がお前に埋めてた）

リュウホが言って、アレは驚いた。

「金龍が？」

（お前が寝てるときに。あいつ、むっつりスケベじゃね？）

リュウホの言い方にアレはプッと吹き出した。

「金龍とは？」

フェイロンが尋ねる。

「げきりんはきんりゅうたまがくれたみたいです」

アンゲリーナは説明する。

「そうか。金龍にも愛されているのだな」

その言葉に、アンゲリーナはフェイロンをジッと見た。

この人、「金龍にも」って「自分も」って意味だとわかって使ってるのかな？

フェイロンはその空色の瞳に、憎しみの影がなくホッとして、今度はしっかりとアンゲリーナの頭を撫でた。アンゲリーナはあまりに見つめすぎていたと気恥ずかしくなり、ごまかすようにニコリと笑う。アンゲリーナの恥じらう笑顔に、フェイロンも思わずつられて笑った。

子どもの頭を撫でたのはいつぶりか……。こんなことで喜ぶのか。

ふとキリルの顔が脳裏を過《よ》ぎり、胸がチクリと痛む。父の愛を知らないフェイロンは、子どもへどう接して良いのかわからないのだ。

キリルにも淋しい思いをさせていた。私は最低な父親だ。でも、今からでも変われるだろうか。

腕に収まる小さな温《ぬく》もりの儚さに、フェイロンは胸が苦しくなる。

変わらなくてはいけない。そうだな？　ファイーナ。

「この子は、皇女アンゲリーナ。以後、そのように接するように」

フェイロンはアンゲリーナを抱いたまま、再び厳《おごそ》かにそう告げた。

「バカな……、こんなこと許されない……」

ミオンは力なくその場に膝をついた。トウミがミオンを険しい目で睨んだ。

「後宮の主アンゲリーナ殿下に誠心誠意お仕えせよ。ミオン女官長」

ミオンはうなだれ、憎々しげに「はい」と答えた。

名を得た皇女の新たな生活

それからアンゲリーナの生活は一変した。

北斗苑の宮女や騎士たちは、正式にアンゲリーナの住む北辰宮へ移された。ミオンは相変わらず女官長だ。仕事の能力という点では、今のところミオンの代わりになる者はいないのだ。

しかし、後宮の頂点に立つのはアンゲリーナとなった。そのため、おいそれと危害を加えられない。

アンゲリーナは改めて自室を与えられた。しかし、その部屋はフェイロンの部屋に隣接しておりアンゲリーナは気まずく思う。

騎士のことは好きだけど、父様は苦手。

結局、以前と変わらずキリルの部屋で生活している。

フェイロンが寝顔を見ようとアンゲリーナの部屋へ向かえば、寝台は抜け殻になっていた。慌ててキリルの部屋を覗けば、そこでリュウホとともに川の字になって寝ているではないか。フェイロンは不満に思いながら、今までの自分の所業を思えば、アンゲリーナのやることに口出すことはできなかった。

アンゲリーナは皇女として、毎日の過ごし方が定められた。

午前中は皇女として勉強をする。魔法の勉強はフェイロン自らが教えた。皇帝自ら教鞭《きょうべん》を執《と》るなど前例はない。皇族はそもそも直接子育てをする習慣はなかった。子どもの養育は、主に乳母がするのだ。それだけに、皇帝の溺愛ぶりがわかる。

昼食はキリルとリュウホと三人で一緒に摂る。午後三時には、運動を兼ねて執務室へおやつを配りにいく。残りの時間は、紫微城内を歩いたり、北斗苑で遊んだり、図書館へ行ったり、自由に過ごす。フェイロンが帰ってきたことで、時間に余裕ができたキリルやジュンシーと過ごす時間も増えた。もちろんリュウホはいつでも一緒だ。

夕食は毎日家族三人で円卓を囲むよう命じられた。今までは別々に摂っていたため、キリルはフェイロンの変化に驚いた。フェイロンにしてみれば、そうでもしないとアンゲリーナと話せないと思ったのだ。

しかし、リュウホがいない食卓で、アンゲリーナの食欲がなくなってしまった。キリルがそれに気がついて、リュウホを食卓に加えるよう進言し、リュウホも一緒に夕食の席に着くことになった。キリル、アンゲリーナ、リュウホ、フェイロンの順に並ぶ。アンゲリーナは苦手なフェイロンとの間にリュウホがいてくれることで安心し、フェイロンは逆に不満だった。

皇女と認められたことで、紫微右垣に住む人々はアンゲリーナに少し距離を取るようになった。突然、皇女と呼ばれるようになったアンゲリーナにどう接していいのかわからなかったのだ。

なにしろ、五歳以下で皇女と認められた例はない。しかも、最近まで疎まれていた子どもだ。いつ皇帝の気が変わるかわからない。そのとき、深く関わったことで巻き込まれるのは嫌だと保身に走る者が多かった。

アンゲリーナが散歩をしていても、気さくに声をかけてくれる人はいなくなった。逆に、アンゲリーナが過ぎ去ればヒソヒソと噂話が囁かれる。リュウホの耳がそれを拾い、イカ耳になる。アンゲリーナは、悲しいと思いつつ、しかたないとも思った。

　北斗苑の人々は北辰宮にやってきたが、アンゲリーナはときおり土蔵へ遊びに行った。葛籠箪笥の中にある本や日記を読みにいくのだ。葛籠箪笥はアンゲリーナにとって姉のような存在で、名前をもらったことも報告した。

　一度、葛籠箪笥を北辰宮へ運ばせようと試みたのだが、重く微動だにしなかった。中を空《から》にしようとしたが、そのときはどうしても鍵を開けることができなかったのだ。アンゲリーナは葛籠箪笥が動きたくないのだと理解して、リュウホとふたりで通うことにした。

　シトシトとした長雨がここ一ヶ月ほど続いている。シュウメイギクもコスモスも雨に濡れそぼり寒そうに震えているように見えた。豪雨ではないが、なかなか晴れ間が見えず、なんとなく鬱々《うつうつ》としている。

　外で遊べないリュウホとアンゲリーナは土蔵の二階でゴロゴロしていた。北辰宮は快適だが、なにかしようとすればすぐに宮女や騎士が現れて、あれやこれやと手を出してくる。自由な時間が少なくなった気がして、アンゲリーナは疲れてしまうのだ。

　キリルがいるときはキリルの膝を勧められるし、フェイロンはフェイロンでジッとアンゲリーナの様子を窺っている。

「皇女って大変だったのね……」

ゲッソリとした様子で呟けば、リュウホは笑った。

（皇女が、じゃないだろ？　リーナだからだ）

名前を与えられてから、リュウホはアンゲリーナを愛称のリーナと呼ぶ。アンゲリーナをリーナと呼ぶのは、あとはキリルとフェイロンだけだ。

リュウホはトンとアンゲリーナにお尻をつけた。

アンゲリーナはリュウホの背中に寄りかかる。リュウホの背中はモフモフで、薄暗い土蔵の二階でも温かく、オレンジ色にほんのりと輝いて見える。リュウホといると心の中までホカホカになる。

「リュウホ、もふもふ」

アンゲリーナがうっとりとして、リュウホの背中に顔を埋める。リュウホは満足げに尾っぽでアンゲリーナを抱きさすった。

「くすぐったい」

（俺だって）

「嫌？」

（や、なわけない。もっとナデナデしろ）

ふたりでクスクスと笑い合う。土蔵の二階はふたりの秘密の隠れ家だった。

ふと土蔵の外から声がした。丸窓からアンゲリーナとリュウホは下を覗き見た。そこではふたりの下男が、噂話をしていた。

「これもいい加減壊すのかな？」

「まぁ、皇女殿下も皇宮へ移られたし、必要ないしな」

「そういえば、皇女殿下の噂を聞いたか？」

「天使というやつか？」

「いやいや、この長雨の原因が皇女殿下にあるってよ」

「ああ、皇女殿下が逆鱗をねつ造して龍の怒りに触れたとかってやつか？」

「それそれ。大きな災害が起こるだろうってさ」

「本当なら恐ろしい話だよな」

「ユール国の魔女の娘ならさもありなん」

「お前、誰かに聞かれたら！」

「ファイーナ皇后陛下のためにどれだけの氏族が皆殺しにされたか、覚えてないのか？　俺の主も殺された。実際、皇女殿下に皇帝陛下も皇太子殿下も骨抜きにされているらしいじゃないか。治癒の力があると聞くぞ？　魅了の力もあるんだろうよ」

　リュウホはカッとして吠えようとする。アンゲリーナは慌ててリュウホの口を押さえた。そして窓の下に身を隠す。

「バカな冗談は止めろよ。ここは一応紫微城内だぞ」

「一応、だ」

　そう言いながら下男たちはその場を離れていった。

アンゲリーナはリュウホの口を離す。プハッとリュウホは息をした。

（なんで怒らないんだよ！　どうせ、ミオンが言いふらしてるんだ‼　だから右垣の奴らも冷たくなったんだ‼）

「それより気になることがあるの！」

アンゲリーナは慌てて、葛籠箪笥を開けた。先ほどの話を聞いて、ループ前のことを思い出したのだ。

「ほんとにさいがいが起こるかもしれないの！」

（お前の逆鱗は金龍がくれたのに！）

「ちがう、そうじゃなくて、このながあめでどしゃくずれが起こるかもしれないの！」

一度目の人生で、北斗苑の裏山が土砂崩れを起こしたのだ。紫微城は魔法の防壁で守られており、北斗苑も被害は出なかった。

アンゲリーナは、ひとりきりの夜の土蔵で、地鳴りを恐ろしい思いで聞いていたことを忘れられない。誰も助けに来てくれない、逃げ出すこともできないと、ただただ薄い布団を頭からかぶり震えていた。

しかし、その後ループし、この土砂崩れのせいで紫微城外に住む多くの人々が亡くなったと知った。ちょうど、五百日戦争のまっただ中で、災害に目を向ける余裕もなく放置されたのだ。

酒場の主人の兄弟も巻き込まれ、何年経ってもその喪失に苦しめられていた。たくさんの人に愛されていた人が亡くなり、誰にも愛されない自分が生き残ったことを知り、罪悪感を抱えていたのだ。

「もしかしたら、このなかにむかしのはなしがあるかと思って」

アンゲリーナはバサバサと葛籠箪笥を漁《あさ》った。アンゲリーナの必死な様子に応えるように、胸にかけていた木札がフワリと浮き上がった。そうして、ひとつの本を指し示した。

「これ？」

アンゲリーナは指し示された本を手に取る。どうやら昔の日記らしい。手に取った瞬間ページがバーッとまくられて、一枚のページが開かれた。文字が光って見える。しかし、古く達筆な文字でアンゲリーナには読めなかった。

急いで木札を覗いてみる。アンゲリーナに読める文章となって、文字が現れた。

「むかしの日記にどしゃくずれのことが書いてある！『土砂崩れが起きてから今日が百年目だが同じことは起こらないのだろうか』って。……日付が近い！」

（じゃあ）

「でも、詳しいことはこれだけじゃわからないから、図書館へ行こう」

（ああ）

リュウホはアンゲリーナに背を向ける。アンゲリーナはリュウホにまたがった。

（行くぞ！　ちゃんと掴まってろよ！）

アンゲリーナはリュウホの首にしがみついた。傘など持っている余裕はない。

リュウホはアンゲリーナと出会ってから、グングングングン大きくなっていた。アンゲリーナがしがみついたことを確認すると、リュウホは本気で走り出した。細い雨の中をオレンジの虎が疾風《はやて》のように駆けていった。

図書館に到着し、リュウホの背から下りたアンゲリーナは金龍の前に立つ。

「金龍たま！」

「アンゲリーナ、どうした？」

アンゲリーナはたびたび図書館を訪れていて、金龍とは顔なじみである。

「土砂崩れが起こるかもしれないの！　昔の話を調べたくて」

金龍は図書館の扉を開く。そして、迷うことなくひとつの本棚へアンゲリーナを案内した。小走りでアンゲリーナとリュウホは金龍のあとを追う。

金龍が一冊の本を引き出した。厚くて古い歴史書だ。フワリとアンゲリーナの手に収まる。木札の力なのだろう。パラパラとページがめくられて、該当の箇所がキラキラと光る。

アンゲリーナは木札を使って本を読んだ。

「あ、あった！　『紫微城に迫るほどの土砂崩れが起こり、境界に標樹を植えた。これより先に紫微城を広げてはならない』って」

アンゲリーナはバッと顔を上げる。

「これって、北斗苑の⁉」

「ああ、あの標樹だ」

金龍がなんでもないことのように答えた。

「二百年ほど昔だろうか。裏の石竜山《せきりゅうざん》が崩れ、あそこまで土砂崩れが流れてきたのだ。その後、土砂崩れの境界として標樹を植えたのだ。魔法の防壁が作られるようになってから、北斗苑が作られた。もうそこまで土砂が流れてくることはない」

「それじゃ、ダメなの！　紫微城の周りに土砂が流れる！」

アンゲリーナの必死な顔に、金龍は目を細めた。

「天使の守護印を持つ者、皇女アンゲリーナ。私の背に乗るが良い」

金龍は体を大きくした。その背にアンゲリーナとリュウホがまたがる。金龍はズルリと図書館の扉を抜けて、ドッと空へ駆け上がる。そのまま天鉞楼へ向かう。金龍は最上階をグルリと取り巻いた。執務室の中にいた人々がざわめいた。

「皇帝陛下、金龍！　金龍です‼」

フェイロンは窓に目をやる。すると外には金龍の背にまたがったアンゲリーナとリュウホがいた。フェイロンの横に立っていたユーエンは目を見張る。ユーエンの父であるトウミから事情は聞いていたが、信じ切れなかった。しかし、実物を目にし、恐れと羨望の混じった瞳でアンゲリーナを見た。ファイーナの面影の残る可憐な幼女が、皇族の守り神である金龍にまたがり、九階の窓の外にいるのだ。

フェイロンは慌てて窓を開く。雨が執務室に入り込む。

「リーナ危ない‼」

フェイロンは窓枠に足をかけ、金龍に飛び乗ろうとした。

「馬鹿者‼　そこをどけ‼　皇女を届けに来たのだ。それでは中に入れない」

金龍がフェイロンを叱責する。フェイロンは慌てて、窓枠から下りた。リュウホはアンゲリーナの襟を咥えて、ピョンと窓から執務室に入る。

アンゲリーナは両手で本を抱えていた。

「とうたま‼」

めったに父様と呼ばないアンゲリーナの声に、フェイロンは感動した。

「リーナ」

「とうたま！　たいへんなの！　どしゃくずれがおきる‼」

アンゲリーナが濡れたまま叫ぶと、執務室が騒然となった。

トウミがアンゲリーナをタオルで拭いてやる。すると、そのタオルをフェイロンが奪い、アンゲリーナを拭き直した。

ユーエンはその様子に驚きを隠せない。フェイロンは子どもに情を注ぐタイプではなく、トウミも一族の子どもには厳しかったからだ。

「どういうことですか？　殿下？」

トウミが優しげに問いかけた。

アンゲリーナは持ってきた本を根拠に、土砂崩れが起こる可能性を指摘した。

「しかし、紫微城におれば安全です」

トウミは宥めるように答えた。

「でも、外にいる人はどうなるの？　これわれた田畑はどうなるの？」

アンゲリーナの問いに、執務室はシンとなった。

「リーナ、以前の被害はどうだったかわかるか」

フェイロンが尋ねる。アンゲリーナはフェイロンの机の上に地図を広げた。昔の被害図だ。

「これなら、人家に被害は出ないでしょう」

トウミが答える。

「でも、このときは北斗苑がなかったの！」

アンゲリーナは必死で訴えた。地図の上に指で、現在の紫微城の範囲を描く。土砂崩れの被害地上に北斗苑が造られ、防壁が新たに広げられている。そのせいで行き場を失った土砂が左右に分かれ、周辺に被害が広がることを説明した。

「たしかにその可能性は考えられます」

トウミが唸る。

「しかし、土砂崩れが本当に起きるかは……」

トウミは周囲を見回した。宮人たちは信じられないと言ったように、かぶりを振る。

「ぼうへきのままほうをいちじてきに解いてください。それだけでいいんです」

アンゲリーナは訴えた。使われていない北斗苑を守る意味はない。防壁を北斗苑のなかった頃の位置まで北辰宮側に下げるだけで、被害は少なくなる。

「いや、しかし」

「信じられるか」

「防壁がなくなった隙をつかれたら」

ヒソヒソと囁かれる声。ユーエンは黙って様子を窺っている。アンゲリーナは俯いた。

たしかに、こんな子どもの言うこと信じられないよね……。

落胆と諦念。アンゲリーナは窓の外を見た。まだ金龍がいる。

「……わかりました、もういいです」

アンゲリーナは窓枠へ手をかけた。金龍に頼んで、自分ができることをしよう。

「いこ、リュウホ」

そう言ってリュウホに振り返った瞬間、フェイロンに抱き上げられた。

「行くな」

フェイロンはアンゲリーナを抱いたまま、指示を出す。もうアンゲリーナに失望されたくなかったのだ。

「防壁を北斗苑の入り口まで至急下げよ！　その作業が終わりしだい、北斗苑の防壁にかかる魔法を解除する」

「しかし、そんな急には」

「北斗苑ができる前の防壁の遺構が残っているはずだ。そこへ新たな魔法をかける」

「魔道士が足りません」

「私とキリルが向かう」

「しかし、陛下！　まだ土砂崩れが起こると決まったわけでは」

「決まってからで間に合うのか？　ならばそれでもかまわない。しかし、北斗苑は使っていないではないか。そこを防御区画から外すのになんの問題があるのか！」

怒鳴るフェイロンをアンゲリーナは驚き見上げた。

「とうたま、しんじてくれる？」

フェイロンは照れたようにはにかんで頷いた。

「ユーエン！　騎士団をまとめ災害時の対応を検討せよ」

「は」

ユーエンはフェイロンの命を受け、ただちに騎士団へ戻る。執務室は急激に忙しくなった。過去の防壁の地図を広げる者。魔道士の手配に動き出す者。緊張した空気が満ちる。

金龍が窓から鼻先をヌッと突っ込んだ。

「冷酷皇帝も天使の前ではかたなしか」

そして、カカと笑う。執務室が金龍の息吹でゴウと揺れた。金龍は顔を抜き、グルリと窓に背を寄せた。

「アンゲリーナ、リュウホ。そして小僧よ、私に乗れ」

「小僧？」

フェイロンは不愉快そうな顔をして、それでも金龍の言葉に従った。

金龍は三人を乗せ、空へ向かって飛び立つ。雨雲を突き抜け、夕空に出る。満月が白く浮いている。金龍は、紫微城の裏にある石竜山の上まで来ると、再び雨雲を突き抜け、雨空に戻る。

「見えるか」

　金龍の声にフェイロンは頷いた。

「……地面に黒い龍が埋まっているみたい……」

　アンゲリーナが呆然として呟く。石竜山の中腹から、紫微城に向かって地面が黒くすんで見える部分がある。その先端はまっすぐに標樹に向かっている。

「これが、以前の土砂崩れの跡だ」

　金龍の答えにリュウホが身震いした。

「こんなところまで土砂崩れがくるなんて。それが今から起こるなんて。……わたしのせいなの？　私が龍の怒りに触れたの？」

　アンゲリーナは誰に問うでもなく呟いた。土蔵で聞いた噂話が、耳にこびりついている。ループ前にも土砂崩れは起こっていた。だから、逆鱗のねつ造の罰というのは、ただの噂話だとアンゲリーナはわかっていた。

　それでも拭いきれない不安がある。地面の黒い筋は、まるで怒れる黒龍がアンゲリーナを紫微城から追い出そうとしているように見えたのだ。アンゲリーナは、ループ前から自分が紫微城にいてはいけないと思っていた。

「わたし、かあたまを殺した、生まれてきちゃいけない子だったから」

　アンゲリーナは唇を震わせた。

（違う！　絶対違う‼）

リュウホが吠える。

フェイロンは唇を噛みしめ、顔を背けた。そう思わせたのはフェイロンだ。

「……すまない」

不器用なフェイロンはそれしか言えない。胸が鈍器で殴られたように痛い。

金龍が笑う。

「金龍が逆鱗を授けた者にほかの龍が怒る？　ありえん」

ビュウと突風が吹いた。アンゲリーナのピンクの髪が舞い踊り、逆鱗があらわになる。同時にフェイロンの銀髪も舞い上がり、隠されていた左耳があらわになった。アンゲリーナとリュウホは驚いて息を呑む。

フェイロンの逆鱗の周りは傷だらけだったのだ。何度も剥がそうとしたかのように、傷跡がいくつも走っていた。フェイロンは隠していた耳の傷があらわになったことに気づきもせず、土砂崩れの跡を目に焼き付けるかのように下界をジッと見つめていた。

「お前がやることはわかったな？　小僧」

「ああ」

「金龍に向かってなんたる物言い。まぁ、しかし、わかれば良い」

金龍は機嫌良さそうに笑うと、石竜山をぐるりと一周し、天鉞楼へ戻った。

皇帝の執務室にはキリルとジュンシーが駆けつけていた。

「一刻を争う、至急、防壁を下げる。キリルは私と一緒に来い」

フェイロンは濡れたまま指示を飛ばす。

「ジュンシー、皇女殿下をお風呂に」

トウミの言葉でジュンシーがアンゲリーナを抱き上げ、天鉞楼をあとにする。リュウホもそれを追いかけた。

「ジュンシー、おろして！」

「なりません。体を温めて着替えをいたしますよ」

「まだだめなの。わたしもてつだうから！」

「もう夜になります。皇女殿下はお休みください。あとは我々に任せてくださればいいのです」

「でも、」

「大丈夫です。皇帝陛下と皇太子殿下がいらっしゃいます」

「ジュンシー、おねがいよ」

「なりません」

かたくななジュンシーにリュウホが立ちはだかる。ピンとひげを前に向け、ガウと吠える。

咆吼は熱風となってジュンシーを襲う。ジュンシーはアンゲリーナを庇うように、背を向けた。

チリと髪が焼ける匂いがする。

たたみかけるようにリュウホがジュンシーに襲いかかる。

「どうしたんだ、リュウホ！　どうして!?」

戸惑うジュンシーの隙を突き、アンゲリーナはジュンシーの腕から滑り降りた。そのアンゲリーナをリュウホは背で受け取って、そのまま駆けだした。

（リーナ！　行き先を言え！）

「北斗苑と石竜山が接する防壁へ！」

（わかった！）

　できるだけ早く防壁の魔法を解かなくてはいけない。しかし、新しい防壁を作ることが優先され、魔道士たちはそちらに集められていた。

　リュウホは闇に降り注ぐ雨の中を風のように駆ける。アンゲリーナはリュウホの背にしがみついて、北斗苑の端を目指した。標樹を越え、土蔵を過ぎ、竹林を抜ける。そこには壁らしき壁はない。地中に魔法具が等間隔に埋められており、見えない魔法の防壁が作られているのだ。

　この防壁を壊すには、地中に埋められた魔法具を掘り起こし、魔法を無力化する必要がある。しかし、普通に掘り返せば、外敵だと判断され攻撃を受けるのだ。

　アンゲリーナは恐る恐る防壁があるだろうと思われる空中に手を伸ばした。なにかに当たる感触がする。見えないが確実に壁がある。

　アンゲリーナは、その見えない壁に指で魔法文字を書いた。

　バチリと雨の中に火花が散った。

「いたっ！」

（だいじょうぶか⁉）

指先が焼ける。アンゲリーナはとっさに指先をフゥフゥと吹いた。

「ちょっと強引だったけど、解除、できた」

地面のあちこちで、小さく煙が立っている。きっとそこに魔法具が埋められているのだ。アンゲリーナは土を掘る。そこには天使の守護印の書かれた、陶器の魔法具が埋められていた。

「リュウホ、魔法具を探してくれる？」

（任せろ！）

リュウホは煙の立ち上る場所を掘る。暗い雨の中、オレンジの毛並みはびっしょりと濡れそぼり、お腹まで泥だらけだ。アンゲリーナも必死に魔法具を掘り起こす。

そこへジュンシーが遅れて駆けつけた。数人の騎士や魔道士を連れている。

「なにをしてらっしゃいます！」

「北面の中央から両方に扇形に開いて、防壁を設置し直したいの」

「なぜですか？」

「そうして土砂を北斗苑で受け止める！」

アンゲリーナはできるだけ被害が広がらないようにと考えたのだ。

ジュンシーはしばし考え、頷いた。本当はアンゲリーナを連れ戻しに来たのだ。しかし、泥だらけになって必死に土を掘り返す姿や、大人びた指示の仕方を見て考えを改めた。ただの幼女ではないと思ったのだ。

「騎士は魔法具を掘り出せ。魔道士は石竜山に向かって扇形に魔法具を配置し直し、配置が終わったら新たな防壁を張れ！」

ジュンシーの指示に、周囲は動き出す。アンゲリーナとリュウホも作業を続ける。

防壁が扇形に設置されたその瞬間、ピタリと雨が止んだ。

シンと静まり返る。

アンゲリーナは石竜山を見た。

ズルと地面が蠢《うごめ》いた気がした。

「っ！　逃げて‼　崩れる‼　崩れるわ‼」

アンゲリーナは叫んだ。

「紫微城、新しい北の防壁まで退避！　万が一に備えて北の防壁の守護を手伝う！」

ジュンシーの声で皆一斉に走り出す。

ジュンシーはアンゲリーナを抱え上げようとしたが、リュウホに奪われる。

（俺のが早い‼）

コロコロと小さな石が転がってくる。雨の匂いを含んだ青臭い風が、石竜《せきりゅう》の息吹のように山から下りてくる。遠くで枝の折れる音がする。落ち葉が雨と風に混じって吹き付けてくる。転がってきていた小石が段々と大きくなり、数が増え、不気味な音が背中に迫る。扇状に開いた防壁の端から、竹林を抜けた。後ろでは、メリメリと竹が悲鳴を上げている。量を増しながら山から下ってくる土砂を、竹林が防いでくれているのだ。しかし、それも時間の問題でいずれ決壊するだろう。できるだけ早く逃げなければならない。

土蔵をとおり過ぎた瞬間、アンゲリーナはアッと腕を伸ばした。

「葛籠箪笥が‼」

(だめだ！　間に合わない！　そもそも箪笥は動かない！)

「でもっ」

(命が一番大事だ！)

リュウホの怒鳴り声に、アンゲリーナは歯を食いしばった。アンゲリーナをずっと助けてくれていた葛籠箪笥を見捨てるようで胸が苦しい。

リュウホはアンゲリーナを無視して走る。

標樹を目前にして、土埃がアンゲリーナに追いついた。

(ここまで来れば、とりあえず大丈夫なんだろ？)

リュウホが言って、アンゲリーナたちは振り返った。

もう泥の波が見える。しかし、アンゲリーナの後ろには、逃げ遅れた魔道士が残っていた。

標樹まで間に合わない‼

アンゲリーナは両手を結び、祈った。

「金龍たま、助けて！　お願い‼」

右手の天使の守護印が光り、結び合った両手から光が漏れた。ドウという音とともに、紫微城上空から大きな金龍が飛んでくる。

そして、アンゲリーナの前に鼻先を突きつけた。

「私を呼んだか。皇女アンゲリーナ」

「金龍たま、金龍たま、土砂がくる、魔道士が巻き込まれる！」

アンゲリーナの必死な言葉に金龍はズルリと向きを変えた。土砂崩れと魔道士の間に体を横たえる。土砂が金龍の体にぶつかる。金龍の体は土砂に押されて、ズルズルと後退する。しかし、土砂のスピードが遅くなり、その間に魔道士は標樹を越えた。

おびただしい土砂が金龍を押す。その中にはアンゲリーナの住んでいた土蔵も含まれていた。葛籠箪笥が窓からはみ出た状態で一緒に押し流されていた。

金龍が押し流され、標樹にぶつかる。

ホトホトと標樹の花が光りながら地面に落ちる。ミシリと不穏な音がした。標樹と土砂に挟まれ、金龍はたわんだ。金龍の体を乗り越える寸前で、土石流が止まる。

音が止む。時が止まったように、誰も動かない。しばらくして、金龍がモゾモゾと動き出した。

「止まったの……」

アンゲリーナの声に、金龍は鼻先を寄せた。

「止まったぞ」

「ありがとうございます！　金龍たま‼」

アンゲリーナは金龍の鼻先に抱きついて、スリスリと顔を寄せた。

「アンゲリーナ、撫でるならツノの間だ」

金龍はそう言うと体を小さく縮め、ねだるように頭をアンゲリーナに向けた。アンゲリーナは言われるまま、ツノの間をヨシヨシと撫でる。

「気持ちがよいな。お前の手は。……さすがにこれは私も疲れた。少し眠らせておくれ」

金龍は小さくあくびをすると、紫微城へ向かって飛んでいってしまった。

あたりには金龍が横たわっていた形のまま、土砂が残されている。ジュンシーは長く息を吐き出すと、アンゲリーナの頭を撫でた。

（なれなれしく触るな！）

リュウホが吠える。ジュンシーは小さく微笑んだ。

「アンゲリーナ殿下ももうお休みください」

そしてリュウホを見た。

「リュウホ。アンゲリーナ殿下をよろしく頼むよ」

（言われなくても！）

ガウとリュウホは答えた。

「我々は紫微城へ戻り陛下の指示を仰ぐ」

ジュンシーはそう言い、魔道士たちを引き連れその場を去った。

アンゲリーナはノソノソと土砂を上り始めた。

目の前には潰れた土蔵が押し流されてきていた。ループ前の淋しく悲しく悔しい思い出が詰まる場所、でもそれ以上に今ではリュウホとふたりきりで安らげる唯一の場所だった。

失ったことに呆然とし、そして、気がついた。

北斗苑にいることでループ前の私は、この災害から守られていたんだ……。

どうしてなんだろう？　皇帝は私を無下《むげ》にしておきながら、なぜ本当に捨てなかったのだろう。

殺さなかったのだろう。どうして、北斗苑に閉じ込めていたのだろう。……わからない。

捨てられていたはずなのに、守られていた事実を目の当たりにして、アンゲリーナは混乱する。考えがまとまらず、葛籠箪笥のあった二階に逃げ込みたかった。泥の山をよじ登り、土蔵に近づく。瓦礫《がれき》の間に葛籠箪笥が見えた。

（リーナ！）

「中だけでも、助けたいの」

アンゲリーナは、葛籠箪笥の中を出すべく、周りの土砂を素手で掘り始めた。小さな爪に細かな瓦礫が挟まり痛い。リュウホもアンゲリーナの隣で土砂を掘る。やっと葛籠箪笥の鍵にたどり着く。リュウホは落ちていた標樹の枝を咥え、アンゲリーナに差し出した。

アンゲリーナは服で標樹の泥を拭い、いつものように鍵の横の一輪挿しに挿す。ひしゃげてた標樹は弱々しく光っている。

「大いなる標樹よ。その輝かしい光をもう一度我に与えたまえ」

アンゲリーナが願えば、最後の光を振り絞るように標樹が輝いた。そして、鍵のカラクリが動き出す。アンゲリーナは手慣れた様子で、北斗七星を指でたどった。

鍵が開く。

アンゲリーナは急いで戸を開けた。急がないと、浸水して汚れてしまうと焦っていた。思ったとおり、中はすっかり泥で汚れていた。

「せめて日記を！」

日記はぐちゃぐちゃに汚れ、修復は不可能そうだった。アンゲリーナはガクリと水たまりの中に膝をついた。

「助けられなかった」

胸に抱いた日記帳にアンゲリーナの涙が落ちる。するとその日記帳は一羽の白いシマエナガになって、空に飛んでいく。その一羽を皮切りに、葛籠箪笥の中身は、色とりどりの鳥になって逃げ出していった。

「ああ……」

残されたのは緑色の着物だ。婚礼衣装として用意されたものなのだろう。金銀、螺鈿や真珠などが惜しみなく使われた豪華絢爛な着物だった。金の糸で大きく鳳凰《ほうおう》が刺されている。

アンゲリーナは泣きながらそれを抱き上げた。

「ごめんなさい」

（泣かなくていいのよ）

着物から声が聞こえる。閉じ込められていた皇女だろうか。

（私は未練。ここから解放されるのを待っていたの）

「でも！」

(誰にも知られずに死んでいくのが怖かった。私が抱えた思いがなくなるのが許せなかった。その思いのせいでここに縛られていたの。ずっとひとり、誰にも見向きもされず、永遠にこのままだと思っていた。でも、あなたが日記を読んでくれた)

フワリと着物が舞い上がる。

(もういいわ。私はそれで、もういいの)

アンゲリーナは胸に下げていた木札を取り出した。

「皇女さま、これは」

(それはあなたが持っていて。幸せになるのよ。アンゲリーナ)

葛籠箪笥は土蔵の二階に入り浸るアンゲリーナとリュウホの話を聞いていたのだろう。最後にアンゲリーナの名前を呼んだ。

バサリと着物は羽ばたくと、着物の中の鳳凰に姿を変え、大空に羽ばたいていった。

アンゲリーナは大切なものを失ったショックで脱力した。木札を握りしめたまま水たまりの中に崩れ落ちる。リュウホが慌ててアンゲリーナを舐める。

(おい！　リーナ！)

アンゲリーナは応えない。

リュウホはいつものようにアンゲリーナの襟を咥えて戦《おのの》いた。すっかり力を失ったアンゲリーナは、ダラリとしてまるで死んでしまったかのようだ。慌てて、標樹の根元にアンゲリーナを連れていく。そこは、木の根のおかげでいくぶん高くなっており、木陰だったおかげか、周囲に比べて地面が濡れていなかったのだ。

ゴウと地面に向かってリュウホは吠えた。熱風で温まった地面にアンゲリーナを横たえ、今度は弱い声でナウと鳴いた。アンゲリーナを温めるためだ。優しい声は温かい風になってアンゲリーナを包んだ。

そうして、リュウホはアンゲリーナを中心にして丸くなって包み込む。ペロペロと体を舐め汚れを落とし、体全体で温める。アンゲリーナの触れた場所から、リュウホの体が冷えてくる。リュウホは炎虎の力を燃やし、自分自身の体温を上げていく。オレンジ色の毛並みが立ち上がり、チラチラと燃えるように光る。リュウホはナウナウとアンゲリーナに呼びかける。

（リーナ！）

反応しないアンゲリーナを、リュウホは尻尾でトントンと叩く。冷たくなったアンゲリーナは動かない。冷えた体がリュウホの体温をドンドンと奪ってゆく。

（リーナ！　リーナ！）

リーナは小さかったんだ。人の子どもはこんなに体が弱いんだ。雨に濡れて冷えただけで、こんなになるなんて知らなかった。リーナの望みさえ叶えてやればそれでいいと思ってた。でも、それがリーナを傷つけた。

リュウホは後悔していた。トウミの言うとおり、一度休ませるべきだったと思った。

（リーナ！　リーナ！　リーナ！）

ナーナーと何度鳴いてもアンゲリーナは目を覚まさない。

だって、リーナ、辛いって言わないから。痛いって、寒いって、なんで言わないんだ‼

アンゲリーナの握りしめる木札越しに、リュウホはアンゲリーナを見た。

木札をとおして見るアンゲリーナは、出会った日の姿だった。皇女とは思えない、質素な服装。手入れの行き届かない髪。細い手足、ささくれだらけの荒れた指先。

言わないんじゃなくて、言えないんだ。リーナは、辛いことに麻痺《まひ》してた。気がつかなかった俺はバカだ！

リュウホは、大きく吠えた。

（この声じゃ、助けを呼べない、リーナを救えない！）

リーナを助けられないなら、炎虎の力なんかいらない！　炎虎の熱を全部リーナにあげるから、どうかこのまま冷たくならないで。どうか、お願い！

リュウホのオレンジ色の毛が逆立ち、ブワリと大きな炎になる。しかしそれは、なにも焼かない。アンゲリーナを温めるだけに作られた炎だ。

「誰か！　誰でもいいから！　リーナを助けて‼」

悲痛な叫びが、リュウホを人に変えた。

アンゲリーナの瞼《まぶた》がかすかに動いた。リュウホがアンゲリーナの顔を覗き込む。

アンゲリーナの瞳には、赤い髪の男の子が映っていた。短い髪は言うことを聞かない炎のように四方八方に広がって、勝ち気そうな大きな瞳はリュウホと同じ火眼金睛。金のピアスもリュウホと同じだ。ナンラン国風の膨らんだパンツに、腰のあたりに布を巻き付け、丈の短いベストを肌に直接着ている。

「リュウホ……?」

アンゲリーナがかすれた声で尋ねる。リュウホは小さく頷いた。

リュウホの叫びを聞いて、フェイロンが駆けつけてきた。愛娘《まなむすめ》を抱きかかえる少年をギロリと睨みつける。

「リーナを助けて」

リュウホは涙声で訴えた。

「お前なんか嫌いだけど！　リーナを助けて‼」

フェイロンは無言でアンゲリーナを奪い取った。

「リュウホを怒らないで……」

アンゲリーナはそれだけ言うとグッタリと意識を失った。フェイロンはリュウホを一瞥《いちべつ》し、なにも言わずに駆けだした。

リュウホはアンゲリーナの手から零れた木札を拾い、必死にフェイロンを追いかけた。六歳児の足は遅い。フェイロンに置いていかれながらも、リュウホは必死で北辰宮へ向かった。

しかし、北辰宮の門前で、リュウホは門番に阻まれた。人の姿では、リュウホだと言っても信じてはもらえない。リュウホは、なぜか炎虎の姿には戻れなくなっていた。新月の夜以外に人の姿になったことは初めてで、どうやって炎虎に戻ったらいいのかわからなかったのだ。

追い出されたリュウホは、姉のいる華蓋のナンラン国屋敷へ戻ろうかとも思った。しかし、人の姿で戻れば国へ強制送還されると考え直した。リュウホが今まで自由気ままに過ごせたのは、聖獣炎虎の子どもだったからで、人になったらそうはいかない。

とりあえずリュウホは、天鉞楼周辺に作られた避難テントで待つことにした。キリルやジュンシーに会えばなんとかなると思ったのだ。しかし、それは浅はかな考えだった。

避難テントにユーエンとキリルが連れ立って現れたとき、リュウホはキリルに話しかけようとして、護衛騎士に止められた。話しかけることさえ許されなかったのだ。

しばらくしてジュンシーを見かけ、むりやり話しかけ、自分がリュウホだと訴えたが信じてはもらえなかった。

汚れてみすぼらしい六歳の子どもだ。身分を明かすものもない。何度も何度も炎虎に戻ろうと試してみたが、何度試しても無理だった。

二度と炎虎には戻れないかもしれない、そう気がついてリュウホはゾッとした。失意のまま、避難テントの片隅に座り、ただただアンゲリーナの無事を祈った。

◇◇◇

アンゲリーナは目を覚まし、困惑している。身に覚えのない寝台。目の前には、厚い胸板があられもなくさらされている。恐る恐る顔を上げれば、そこにはフェイロンの顔があった。

び、ビックリして、心臓止まりそう!!

「目が覚めたか」

フェイロンの声に、アンゲリーナはコクコクと頷いた。そして寝台ではいつも一緒の温かいモフモフが側におらず慌てた。

リュウホがいない！　リュウホどこ？

フェイロンのはだけた胸を押しやろうとすれば、体に腕が乗せられる。

「どこへいく」

「……じ、じぶんのへや」

アンゲリーナはオドオドと答える。その声はかすれていた。

「自分の部屋など使ってないではないか」

少し非難の色が混じった声である。アンゲリーナは言い直す。

「……にいたまのへや」

「ダメだ」

素っ気なく答えるフェイロンだが、アンゲリーナを離す気はなさそうだ。

「あの、はなしてください」

「ダメだ」

「どうしてですか」

「逆になぜ離さなければならない？」

まるで子どものような物言いに、アンゲリーナはムッとする。

「リュウホをさがすの」

「体が万全ではない。お前は丸一日眠っていたのだ」

「げんきです」

「元気ではない」

「げんきでしゅっ‼」

フェイロンは怒るアンゲリーナに目を細めた。

「無事で良かった」

「みんなぶじだったんですね？　まちも？」

「ああ」

「よかった！」

「ああ、お前が無事で良かった」

その声が、鼻声に聞こえてアンゲリーナはギョッとした。

フェイロンはそっと顔を背ける。

「へいか」

「……」

アンゲリーナの呼びかけに、フェイロンは反応しない。

「おこってる？」

「怒ってなどない！」

アンゲリーナの問いかけに、フェイロンがバッと振り返った。潤んだ目元は赤くにじみ、鼻先はうっすらと桃色だ。

このひと……、泣いて？

アンゲリーナはギョッとする。魔族も恐れる冷酷皇帝だ。それが、アンゲリーナのために泣いている。アンゲリーナはそっとフェイロンの頬に手を伸ばした。左頬に落ちた前髪が、サラリと揺れる。

フェイロンは蕩《とろ》けるように微笑んだ。

「リーナ」

呼びかける声は甘い。

アンゲリーナは自然と顔がほころんだ。以前は、フェイロンを信じられなかった。また捨てられても傷つかないために、期待もしたくなかった。

でも、私を信じてくれた。助けてくれた。だから、私も信じたい。

「……とうたま」

「リーナ」

「とうたま」

「リーナ」

フェイロンは慈しむようにアンゲリーナの髪を梳いた。アンゲリーナも応えるようにフェイロンの頭を撫でた。

フェイロンは破顔する。

「頭を撫でられたのはいつぶりか」

フェイロンの頭を撫でたのは、ファイーナが最後だった。

「とうたまもナデナデすきですか？」

アンゲリーナは問う。ナデナデ好きなリュウホを思い出したのだ。

「ああ。リーナも好きか？」

「わたしもすきです」

「ではいっぱい撫でてやろう」

フェイロンはそう言うと、アンゲリーナの頭を撫でた。

最初は殴られると誤解され怖がられていたが、すっかり信頼している様子にフェイロンの胸は熱くなる。また涙がにじんで、それが自分でもおかしかった。

ファイーナを失って、涙など涸れ果てたと思っていたのにな。

自身の凍り付いた心が溶かされていくのがわかる。温かくて気持ちの良い涙だ。

「ねぇ、とうたま、リュウホは？」

アンゲリーナは尋ねた。

「そんなにリュウホが心配か？」

「しんぱいです」

アンゲリーナの即答にフェイロンはため息をついた。

「まずは医師の診察を受けてからだ」

アンゲリーナはフェイロンの言葉に従った。

医師はアンゲリーナを診察し、雨の中で魔法を使いすぎたため極度の過労と風邪だと診断した。

フェイロンはアンゲリーナに軽めの食事を摂らせ、風呂に入れた。

その間ずっと、アンゲリーナは宮女たちにリュウホのことを尋ねたが、皆、わからないと首を振る。アンゲリーナはどんどん不安になってくる。

無事だよね？　ナンラン国の主のところに帰っちゃったのかな？　でも、ナンラン国の主はリュウホが人になるって知ってるのかな？　帰る場所がなくなってたら……。

アンゲリーナは居ても立ってても居られない。着替えが済んだアンゲリーナは、そのままリュウホを探しに行こうと走り出した。しかし、三歳児ではすぐに捕まってしまう。

「皇女殿下、まだお休みください」

「リュウホ、リュウホをさがすの！」

「下男たちが探しています。皇女殿下はお部屋にお戻りください」

「ちがうの！　リュウホこまってるかも」

「リュウホは炎虎です。強いので大丈夫です」

アンゲリーナはフルフルと頭を振る。

今のリュウホは炎虎ではない。理由はわからないが子どもの姿になっていた。すぐに炎虎に戻っていたなら良い。でも、子どものままなら心配だ。

しかし、それをどう説明していいのかわからなかった。炎虎でなくなったことを告げてもいいのか。そもそも、それは一時的なことだったのか。もし、それがリュウホの秘密なら、ばらすことはできない。わからないことだらけなのだ。

嫌々をしてホロホロと泣くアンゲリーナに宮女たちは困り果て、キリルに助けを求めた。

キリルがアンゲリーナを慰める。

「リュウホがいないの」

「だいじょうぶだよ」

「だいじょうぶじゃないの。リュウホがいないの」

ポロポロと涙の粒が、桃色の頬を宝石のように転がっていく。瞳の中の青空が溶けてしまいそうでキリルは慌てた。

「リュウホは今探しているから」

「みつからないよ、わたしじゃなきゃ、みつけられないの」

エグエグと泣くアンゲリーナにキリルはオロオロとした。

「リュウホがいないの。さがしにいかせて、にいたま」

キリルはアンゲリーナを抱き上げた。

「私と一緒に探しに行こう」

キリルの言葉にアンゲリーナは頷いた。キリルのクビに抱きついて礼を言う。

「にいたま、ありがと」

キリルはアンゲリーナの頭をワシャワシャと撫でた。

途中でジュンシーとすれ違う。

「殿下、どこへ行かれるのですか？」

「リュウホを探していてね。ジュンシーはどこかで見なかった？」

「あれから戻っていないのですか？」

ジュンシーはアンゲリーナをリュウホに託して標樹の下を去った。あれから、皇帝自ら皇女を連れ帰ったと聞き、なにかあったのだろうとは思っていたが、土砂崩れの慌ただしさの中、先送りにされていたのだ。

クスンとアンゲリーナの鼻が鳴って、ジュンシーは慌て、しばし考えた。

「……！　そういえば、避難テントでリュウホのことを言っている少年がいました」

「いってみゆ‼」

アンゲリーナは思わず叫ぶ。

キリルとジュンシーは頷きあい、護衛を連れて避難テントに向かった。

「にいたま、おろして」

アンゲリーナはキリルの腕から下りた。天鉞楼の前には、遠征用の大きなテントがふた張り張られていた。そのテントの中をアンゲリーナは見回した。テントの中は、騎士団の指示に従って避難してきた人々で溢れかえっていた。人混みの中に目を凝らし、人をかき分け、必死でリュウホを探す。

六歳くらいの小さな子。ナンラン国風の服装で、炎のように赤い髪、金色のピアス。そして夕焼けのように美しい火眼金睛。

しかし、いくら探しても見当たらない。ひと張り目のテントでは結局リュウホを見つけられなかった。ふた張り目のテントへ急ぐ。そして、そこでも人混みをかき分ける。

いない。いない。いない……。リュウホがいない！　もしかして。

アンゲリーナは最悪の事態を想像して、ブンブンと頭を振った。

大丈夫！　リュウホは強いもん！　守ってくれるって約束したもん！

涙を零さないようにグイと顔を上げる。そして、一点に視線が奪われると息を呑み、一直線に走り出した。

「リーナ‼」

キリルが呼びかけても振り返らない。ちょこまかと人混みの間をくぐって、リュウホまで駆け寄る。

「見つけた‼」

アンゲリーナは飛び込むようにして、リュウホに抱きついた。

リュウホはまだ汚れたままの自分に、綺麗な皇女が抱きついてきたことに戸惑った。両手を広げたまま動けない。

「……リーナ……。汚れちゃうよ」

「だったらきれいな服、いらない。まえとおんなじ服でいい」

アンゲリーナの答えにリュウホはなくなってしまった尻尾がピンと立つような気がして、ギュッと抱きしめた。

アンゲリーナは嬉しくなって、リュウホの耳に囁いた。

「リュウホって呼んでいい？」

「うん！　でも、なんでわかった？」

「だって、リュウホはリュウホだもん。目も、声も、いっしょだよ？」

リュウホはクシャリと笑った。何度言っても誰も信じてくれなかった。でも、アンゲリーナが見つけ出してくれた。

キリルやジュンシーが慌てて駆け寄ってきた。泥まみれの少年に皇女が抱きついていたからだ。

「リーナ！」

キリルの咎める声に、アンゲリーナは振り向いて全開の笑顔で笑った。

「リュウホ、見つけた！」

あまりのアンゲリーナの喜びように、キリルは怒る気を削《そ》がれて笑うしかない。

ジュンシーはリュウホを見て呆然とする。先日、「リュウホだ」と名乗っていた少年だったからだ。

「……本当にリュウホだったのか」

「信じられないのが普通だよな」

リュウホは自嘲した。

「でも、リュウホ」

アンゲリーナはリュウホにくっついて離れない。

「とりあえずこれからどうするかはあとで考えよう。一度北辰宮に来てくれないか」

キリルが言い、リュウホは頷く。

「リュウホにご飯と、お風呂」

アンゲリーナが言って、「そうだね」とキリルが笑う。

「あ、リュウホお風呂嫌いだった？」

「べ、べつに、入れるし！」

リュウホはフンと鼻を鳴らした。

リュウホは北辰宮に着くと客室にとおされ、アンゲリーナの命の恩人として丁重にもてなされた。風呂に入り泥を落とし、真新しい服を用意され、それを着て大人しく椅子に座っている。

リュウホは少しソワソワしていた。着慣れないジンロン帝国の服だということもある。しかし、それ以上に鏡に映った自分の姿に自信がなかった。

リーナは、炎虎を格好いいって言ってたし。俺、炎虎に戻れるのかな？　真面目に勉強してこなかったからわかんない。一度決めたら戻れないって、ねーちゃんが言ってた気がする。

小さな手をジッと見て、リュウホはため息をついた。

今は再会できたことをアンゲリーナは喜んでいるけれど、そのうちガッカリしてしまうのではないか。リュウホは、今、小さく非力な人の子だ。どこにでもいるありふれた六歳児なのだ。キリルやジュンシーのようにアンゲリーナを守ることはできない。

あー！　もう、逃げたい‼　でも、逃げたらもう二度とリーナには会えないよな？　いや、それより、もしかして、皇帝に無礼とか言われて処刑される？　まじか、それもあり得るよな？　そしたら、絶対、国のことなんか言えねーじゃん？

炎虎であれば、体を舐めれば少しは気持ちが落ち着いたが、今はどうやって自分を落ち着かせたらいいのかわからなかった。

外を見て、天井を見て、足の着かない床を見る。

こんなかっこ悪い俺、嫌われちゃうかなぁ……。

泣きたい気持ちになって、リュウホは椅子の上で膝を抱いた。

そのとき扉が開いた。

わっとアンゲリーナが飛び込んでくる。笑顔のアンゲリーナを見た途端、リュウホの赤い髪の間に丸い耳がピョコンと飛び出た。黒い毛に白い斑点がある虎の耳だ。リュウホも思わず椅子から飛び降りて、アンゲリーナに駆け寄る。

アンゲリーナはリュウホに抱きついた。リュウホはそれを受け止めて、ふたりでクルリと回ってキャーッと笑う。アンゲリーナのスカートが花のように開いた。アンゲリーナも着替えていたらしい。

リーナがいるだけで、笑っちゃう！

リュウホは先ほどの泣きたい気分が嘘のように飛んでいって、アンゲリーナの力はすごいと思った。

「リュウホ、お耳！」

アンゲリーナの指摘で、ハッとしてリュウホは頭を押さえる。

もしかして、完全に人になったわけじゃない？

リュウホは少しだけホッとした。

「そうだ、リーナこれ」

リュウホはアンゲリーナが落としていった木札を渡した。

「ありがとう！」

アンゲリーナは嬉しそうに両手で受け取って、小さな胸に押し抱いた。リュウホはそれを見て、へへっと笑う。

リーナにこれを渡せただけで十分だ。

リュウホは覚悟を決めて、アンゲリーナの後ろを見た。

そこには、皇帝フェイロンと、皇太子キリルが不機嫌そうな顔で立っていた。トウミもいる。

リュウホは緊張して、ピッと背を伸ばした。耳は後ろに倒れてしまう。とりあえず、ミオンがおらず助かったと思った。

フェイロンたちは、少年がリュウホを名乗ることに半信半疑だった。しかし、リュウホに生えた虎の耳を見て、リュウホと炎虎が同一人物であると認めざるを得ない。聖獣なら人の姿を取ることもあるのだろうと納得したのだ。

「とりあえず、アンゲリーナを助けてくれたことは感謝する」

フェイロンが不愉快そうに告げた。

「べつにお前のためじゃねーし！」

リュウホは反射で答えてハッとする。

「じゃない、皇帝陛下のためじゃないデス……？　ん？」

フェイロンは顔をしかめたが、トウミはプッと吹き出した。そして、トウミはリュウホに視線を合わせるようにかがんだ。

「君のおうちのことを聞いてもいいかな？」

リュウホは、ツッと目を逸らした。

「おれ、ひとり。罰を受けるなら俺だけにして」

リュウホの言葉に、トウミは微笑んだ。

「怒っているんじゃないんだよ。君は皇女殿下の命の恩人だ。それにずっと守ってきてくれたことを知っているよ。お礼をしたいと思ってね」

リュウホはオズオズとアンゲリーナを見た。アンゲリーナはリュウホを守るように抱きついたままだ。

「リュウホ、大丈夫。こんどはわたしがリュウホを守る。だって、リュウホ、北斗苑のころからずっとわたしを守ってくれた」

アンゲリーナの言葉に、フェイロンはグッサリ胸をえぐられた。キリルも小さく矢を受ける。

「本当に家に迷惑かからない？」

リュウホがトウミに尋ねる。

「ああ、ジンロン帝国の宰相としてここに約束しよう」

トウミの言葉に、リュウホは息を吐く。

「俺は、リュウホ・ルオ」

投げやりなリュウホの言葉に、トウミはよろめいて片膝をついた。

「……ナンラン国第三王子か」

ぼそりとフェイロンが呟き、キリルが驚いてリュウホを見た。

「しかし、リーナはやらん」

続けられたフェイロンの呟きに、トウミはもう片方の膝もつく。

「ナンラン国からは、シュア王女が人質として華蓋にお住まいですね」

「ねーちゃんがにーちゃんの代わりに人質になって、いじめられたら助けてやろうと思って」

リュウホの答えに、フェイロンが笑う。

「ナンラン国が私に炎虎をけしかけるつもりだったとはおもしろい」

「とうたま、だまって」

アンゲリーナが冷たく言って、フェイロンは言葉を失う。

「でも、来てみたら、そんなんじゃなくて、ねーちゃん楽しそうで、俺、暇だなって、探検してたら罠にかかって」

「罠?」

「北斗苑の竹藪《たけやぶ》にトラバサミが仕掛けてあった。魔法かかってた」

トウミが顔をしかめた。そういえば、以前ミオンが罠を見つけて処分したと言っていた。見つけた経緯が、リュウホが罠にかかったためならジンロン帝国としては頭が痛い。

「リーナが助けてくれて、それでそれからリーナと一緒にいる」

「だから、リュウホは悪くないし、リュウホを追い出すなら、わたしもでてく！」

アンゲリーナがそう主張して、キリルは慌てた。

「リーナ！　別に追い出そうとしてるんじゃないよ？　でも、リュウホにも帰るところがあるなら、帰らないと」

「いっしょにいていいって、おてがみもらったもん！　リュウホ、ちゃんと、ごはんだいもってきたよ？　わたし、ごはんだいはらってないもん」

キリルは確かにリュウホから金貨を預かっている。使ってはいないが、受け取っていた。キリルは困り果ててトウミを見た。もうフェイロンは当てにならないと思っていた。

「そうですか。では、一度ナンラン国と話をしなくてはなりませんね」

「おいだすの？」

アンゲリーナは不安げにトウミを見る。

「追い出すのではありませんよ。リュウホ様がこのようなことになっていることを、シュア様はご存じですか？」

リュウホはフルフルとかぶりを振った。

「今の状況をきちんとお伝えして、手順を踏んで、もう一度お側に上がれるようにいたしましょう？」

　トウミはアンゲリーナに言い聞かせた。

「てじゅん？」

「そうです。ナンラン国の王子として、皇女殿下の遊び相手になっていただくのです」

「なに⁉」

　フェイロンがトウミを睨む。キリルがフェイロンを睨んだ。

「父上、下手をしたらリーナがナンラン国に駆け落ちします。この辺で折り合いをつけたほうがよろしいのでは？」

「……やきはらえ……」

　ぼそりとフェイロンが呟いて、アンゲリーナが怒ったようにフェイロンを睨んだ。

「とうたま、きらい」

「冗談だ」

　フェイロンはそっぽを向く。

「ナンラン国の屋敷に使者を出せ。一度、王子を屋敷に返す。そして改めて沙《さ》汰《た》を出す」

「とうたま‼」

「我が娘の友となれと、な」

　アンゲリーナとリュウホは喜んで手を取り合う。リュウホのお尻から尻尾が生えて、ピンと立った。

「友、だ！　友、だぞ‼」

フェイロンは不愉快そうにそう言って、キリルは困ったように笑った。

名を得た皇女は試される

フェイロンは不機嫌な様子で、執務室の椅子にいた。膝にはアンゲリーナが乗っている。リュウホが改めて北辰宮へ来るまでの間は、危険だからとフェイロンの側に置かれているのだ。フェイロンは認めたくなかったが、リュウホはアンゲリーナを守るのに最適な人材だった。

フェイロンの後ろにはユーエンが立っている。

アンゲリーナはハラハラとしていた。初めてユーエンを見たのは、土砂崩れが起こることを伝えた執務室で、彼がユーエンだとは知らなかった。その後、改めて紹介され、驚いた。

だって、クーデターの主犯なんだもん。

顔は知らなかったが、名前は知っていた。一度目のループで下町で暮らしていた頃、フェイロンに代わって皇帝になったのはユーエンだったからである。

しかも、父様の右腕……。兄様もジュンシーに裏切られたのよね。気の毒な親子だったのね。

チラリとユーエンを見る。ユーエンはアンゲリーナを見て、小さく笑った。

悪い人には見えない。どうして父様を裏切ったんだろう……。まぁ、父様は非道な人だから、裏切りたくなるようなことをしたんだろうな。

勝手に納得するアンゲリーナである。

正面には道士たちがいた。道士はジンロン帝国でもっとも信仰を集める、天帝教の教えを説く者だ。帝国内にある宗教施設「廟《びょう》」で、さまざまな神事をおこなっている。

道士の後ろには、すまし顔のミオンが控えている。皆、膝にいるアンゲリーナを見て不愉快そうにしていた。その表情を見て、土蔵での噂話をアンゲリーナは思い出した。

父様が私を可愛がるの、嫌な人がいるのよね。

アンゲリーナは、膝から下りようとする。しかし、フェイロンはそれを許さない。

父様、空気読んで‼

道士は顔をしかめたまま、陳情した。

「天帝教としては、命名の試練を受けていない方を皇女とは認められません」

命名の試練は、紫微城内にあるジンロン帝国最古の廟『天帝廟』の地下で、道士が執りおこなうことになっていた。皇族と認められるには、天帝教の介入が不可欠だった。しかし、それらを飛び越して、アンゲリーナを皇女と認めたことに、道士たちは不満を抱いていた。

皇帝が天帝教をないがしろにしているように思え、脅威に感じていたのだ。そもそも、父を殺して皇帝になった簒奪者を快くは思えない。皇帝も、父も、恐れぬフェイロンなら神にも牙を剥くのではないか、そう天帝教は怯えていた。

実際、フェイロンは天帝教を敬ってはいなかった。ただ、民衆の信仰を集める道士を敵に回すのは無益だと、干渉をしてこなかっただけだ。フェイロンは面倒だと思った。

この際、天帝教を潰してしまおうか。

不穏な思いが過ぎった瞬間、アンゲリーナが声を上げた。

「試練を受けます。そうすれば皆、納得できるでしょう」

アンゲリーナは言った。三歳児とは思えない厳かな物言いに道士たちは目を見張った。

命名の試練は、いくつかの問題をこなし、皇族の適性があるか調べるものだ。普通の五歳児には難しいが、人の上に立つ皇族ならば覚えていなければならない問題が出される。それまでの教育が確かなものか、またきちんと身についているのか調べるのだ。

ミオンはほくそ笑んだ。アンゲリーナは絶対に試練をこなせないからだ。皇女の試練を知っているのは、道士たちを除けばミオンだけであり、それを教えるつもりは毛頭ない。

皇帝や皇太子は、皇子であり、皇女の試練の手順を知らない。他国出身のマルファは、ジンロン帝国のしきたりに疎かった。そのため、ループ前の試練の際には、キリルの試練の際に覚えた皇子の手順を誤って教えてしまい、アンゲリーナは皇女になれなかった。

「皇帝陛下、お願いいたします」

アンゲリーナはフェイロンに頭を下げた。

フェイロンは娘を信じていた。アンゲリーナには不思議な力がある。きっとやり遂げるに違いないと思った。

「わかった。受けてみるが良い」

「しんじてくれる？」

「私の娘だ。やり遂げるだろう」

認められなければ、天帝教ごと潰してしまえばいい。

フェイロンは心の中でそう思い、不穏に笑う。膝の上にいたアンゲリーナは、その不気味な空気にゾッとした。

そして試練の当日である。アンゲリーナは透明な五つの球がついた数珠《じゅず》を渡された。ループ前と同じだ。そのときは試練を終えるとその球がすべて真っ黒になっていた。試練に失敗した証しだった。

天帝廟の一階には壁に四神が描かれている。天井には北の空の星々が描かれている。そして中央には地下へ向かうらせん階段があり、通常は豪華な蓋で閉じられ、周囲には人が入れないよう柵が張り巡らされていた。しかし、今日は道士がその蓋を開けて待っていた。

アンゲリーナは、天帝廟の地下に向かってらせん階段を下る。ここからたったひとりで試練に立ち向かうのだ。

ジンロン帝国の伝統的な白い装束に身を包み、首には葛籠箪笥の残した木札を掛けていた。らせん階段を下りきると、薄暗い中、金龍の像が立っていた。アンゲリーナは金龍に礼をする。

「アンゲリーナ、なぜここへ来た。私の与えた逆鱗では不満か」

「いいえ。でも、天帝教の方々は納得されないようです」

「私の声が聞こえぬ道士など、道士ではなかろうに」

嘲笑するように金龍は笑う。

「まぁ、でも、私も興味はある。お前がどこまでできるか見てやろう」

金龍はそう言うとスルリとアンゲリーナの体に巻き付いた。

「手助けはせぬぞ？」

挑発するように金龍が言って、アンゲリーナは頷いた。

「私も勉強をしてきました。大丈夫です」

金龍は満足げに喉を鳴らして笑った。

アンゲリーナは一歩踏み出す。金龍像の奥は壁となっていて、すでに左右に道が分かれている。どちらの道を選ぶか、第一の試練だ。

葛籠箪笥の本を読んでおいて良かった。

葛籠箪笥から最初にもらった有職故実の本は、アンゲリーナの手元に置いてあり、土砂崩れのあとも鳥にならずに部屋に残されていたのだ。それには、ジンロン帝国の皇族のみに伝えられる古いしきたりが詳しく記されていた。

命名の試練は、大人から見れば難しいものではなかった。天帝廟の地下にある通路を順番に巡り、東西南北にある四神に対応する石を捧げるというものだ。しかし、通路は暗く、階段や水路が作られていて、五歳の子どもが歩くには恐ろしい。理性で恐怖心を抑え、手順どおり遂行できる能力があるか、試されるのだ。

龍は北を背にして南側を向いている。龍の左が東に当たり皇子の進む道。私は右の道を進めばいいのね。

アンゲリーナはループ前とは逆の右の廊下を選んだ。右の道を進んでいくと左手に白虎《びゃっこ》の彫刻が施された壁があった。四神に数えられる霊獣のひとつだ。薄暗い通路の中に、リアルな白虎が牙を剥いている。正面はまだ通路が続いている。第二の試練だ。怖ければ引き返し、途中で棄権することもできる。しかし、そうすれば当然皇女とは認められない。

アンゲリーナは足下に転がる石の中から、白い石を拾い白虎の口に入れた。

リュウホ、元気かな？

アンゲリーナは思わず白虎の頭を撫でた。白虎が蠢《うごめ》き、ゴウと吠える。すると。壁に洞穴があき、その奥に白虎が佇《たたず》んでいた。

アンゲリーナは息を呑んだ。片方の道は薄暗い洞穴に白虎が眠っている。もうひとつの道は、ただの通路である。

ええ!?　本で読んでいた内容と違う！

アンゲリーナはどちらを選ぶか悩み、金龍を見た。金龍はニヤニヤと笑っている。

きっと、試練とは別に試されているんだわ。……だったら、虎穴に入らずんば虎子を得ず！

アンゲリーナは、白虎のいる道を選んだ。落ち葉が足下でカサリと音を立てた。モズが甲高く縄張りを主張する。サクサクと落ち葉を踏みしめ歩いていく。

金龍はなにも言わない。

日々、リュウホと暮らしてきたアンゲリーナにしてみれば、虎をあまり怖く感じない。堂々と白虎の前まで行き立ち止まった。

「とおしていただいてもいいですか？」

アンゲリーナの問いかけに、白虎は閉じていた瞼を開け、アンゲリーナをマジマジと見た。

「汝の名は」

「アンゲリーナです」

怯えもせず答えるアンゲリーナに白虎は目を細めた。

「とおれ」

白虎の許しを得て、アンゲリーナは前を横切った。

そしてふと振り返る。モフモフを見たことで、勝手に手がワキワキしてしまうのだ。

さ、さわりたい。

試練中に不謹慎、だと思いつつ、チラリと白虎を見れば白虎もじっとこちらを見ている。しかも機嫌が良さそうだ。経験上あの様子は、ナデナデしても良い猫だ。

「どうした？」

白虎が尋ねる。

アンゲリーナは意を決した。

「あの、ナデナデさせていただいて……良いでしょうか？」

金龍はブフォと笑った。アンゲリーナが驚いて金龍を見れば、金龍は目を逸らした。

白虎は目を細めてアンゲリーナを見た。今までここへ来た者たちは、泣きながら、恐る恐る、逃げるようにしてすり抜けていった。アンゲリーナの振る舞いは珍しく、面白いと思ったのだ。

「自信があるなら撫でてみるが良い。今回は特別に許す」

「はい‼」

アンゲリーナは白虎に駆け寄った。ナデナデならリュウホによく褒められる。自信があるのだ。

アンゲリーナはまず手首に嵌《は》めていた数珠を外して、足首に付け直した。毛に絡んだら可哀想だからだ。

「お背中ナデナデしましゅ」

少しの緊張で噛みつつも、手のひら全体で背中をゆっくりと撫でる。

「小さい手だな」

白虎の声。背中を撫でるにはアンゲリーナの手は小さすぎて物足りないのだろう。

「お顔のほうもさわっていいでしゅか?」

「ああ」

アンゲリーナは白虎の許可を得て、耳の周りを撫でる。そうして額を撫で、ひげのあたりをモフモフと撫でた。

「そなた、炎虎の匂いがするな」

「友達です」

「炎虎が友達か」

白虎はゴロゴロと喉を鳴らし、気持ちよさそうに大きくあくびをする。大きな真っ赤な口がアンゲリーナを食べてしまいそうだ。

アンゲリーナは白虎の首に抱きついた。ゴロゴロとした喉の音が、アンゲリーナの体に直接響いた。

緊張がほぐれていく……。モフモフ最高。

アンゲリーナはホッとする。白虎はアンゲリーナをベロリと舐めた。

「良いナデナデであった。次の試練は朱雀《しゅじゃく》だ」

白虎が顔を向けたほうを見ると、洞穴の壁が赤く色づいている場所があった。

アンゲリーナは礼を言うと、赤い壁に向かって歩き出した。

赤い壁には上に向かって登れるように溝が掘られていた。アンゲリーナはそれをよじ登った。きっと五歳児向けに作られた溝なのだろう。アンゲリーナには間隔が広く、少し大変だ。しかし、無理してよじ登る。段々と光が見えてきた。天井に丸く穴が空いている。アンゲリーナはひょこりと顔を出す。そこには一面の草原が広がっていた。

「気持ちいい！」

サヤサヤと夏草を揺らす風の中で、アンゲリーナは大きく息を吸った。風が乾燥している。郭《かっ》公《こう》の澄んだ鳴き声が響いている。金龍はクルリとアンゲリーナの周りを回った。

空の高いところを赤い大きな鳥が旋回している。朱雀だ。

アンゲリーナは目を見張った。そして、葛籠箪笥から飛び立った鳳凰を思い出した。あの鳳凰は未練から解き放たれ、大空を自由に飛んでいるだろうか。

しかし、この朱雀は。

「なにかを探しているみたい」

アンゲリーナは呟き、草原を見る。草原にはポツポツと草が倒れている場所があった。一番近くの草が倒れている場所を覗いてみる。そこには鳥の巣があり、卵が数個転がっていた。白く綺麗な卵だ。

ほかの場所を覗いてみる。ほかの場所にも鳥の巣があり、卵が入っている。緑やら、まだらやら、大きいものから小さいものまでさまざまだ。

「いろんな鳥が住んでるのね」

そしてひときわ大きな鳥の巣を見つけた。しかし、この巣に卵はなく、赤い長い羽だけが残されていた。きっと朱雀の巣なのだろう。

「朱雀は卵を探しているの？」

その巣から、一筋の獣道ができていた。アンゲリーナはその道をたどる。すると、大きなオオカミのような獣が倒れていた。焼け死んでいるようだ。その隣には赤い大きな卵が転がっていた。朱雀の卵だ。

アンゲリーナは獣を覆うように草をかけた。そして卵に触れる。

「っあつ‼」

卵はゆでたてのように熱い。

「これで中身は大丈夫なの？」

アンゲリーナは疑問に思いながら、羽織っていた着物を一枚脱いだ。そして、そこへ魔法文字を書く。防火と防熱の魔法をかけてから、赤くて大きな卵を着物で包み抱き上げた。

「おもったより重いのね」

うんしょ、うんしょと卵を運ぶ。朱雀の巣に卵を戻し、アンゲリーナは自分の手にフウフウと息をかけた。防火防熱の魔法をかけたが、三歳児の皮膚は薄い。うっすらと赤くなってしまった。

コツコツと卵の中から殻を破る音が聞こえてくる。

「いきてる、うまれりゅの？」

アンゲリーナはジッと卵を見つめた。小さなひびが入って、くちばしが少しだけ見えた。でもなかなか殻が割れないようだ。

「がんばれ！　がんばれ！」

アンゲリーナは思わず応援する。すると卵が割れて中から雛《ひな》が顔を出した。つぶらな真っ黒な瞳、まだ羽の生えそろわないピンク色の雛である。

「え？　こんなによわよわしくて、だいじょぶ？」

アンゲリーナは不安になる。これでは違う動物に襲われてしまいそうだ。

「パパとママは？」

アンゲリーナの言葉に、雛は小首をかしげ「あなたでしょ？」とでも言わんばかりに「ピ」と鳴いた。

「わたし？」

アンゲリーナが戸惑い自分を指さす。雛はコクリと頷いた。

そのとき、上空から朱雀が急降下してきた。親は自分だと主張するように、アンゲリーナの襟首を足で掴むと大空へ舞い上がる。

「え⁉　うそ‼」

動揺するアンゲリーナを尻目に、川の上まで来ると足を離した。アンゲリーナは川に向かって真っ逆さまだ。

「きゃぁぁぁぁ‼」

ボチャンと川に落ちるアンゲリーナ。川は深く、川底が見えない。ゴボゴボと息を吐きながら、アンゲリーナは沈んでいく。

第三の試練、失敗……したのかな……。

アンゲリーナは沈みながら、水面を見ていた。

このまま、死んじゃうのかな。

アンゲリーナは思う。ループを繰り返し、どうせ非業の死を遂げるなら、早く消えてなくなりたいと何度も思っていた。

でも、いまは。

脳裏にリュウホが浮かぶ。兄や父の顔も浮かぶ。鳳凰が水面越しの空の上を横切ったように見えた。金龍はアンゲリーナに巻き付いたまま、助ける様子もない。

死にたくない‼

ゴボリ、泡がアンゲリーナの口から漏れた。

背中にドンとなにかがぶつかる。驚いて振り返れば緑の門があった。アンゲリーナは縋るような思いで緑の門を叩く。門がひとりでに開かれ、アンゲリーナはその門をくぐった。そこには水がなく、息ができる。アンゲリーナはホッとして大きく深呼吸をした。気がつけば、赤くなった手のひらもすっかり痛みが引いている。

梅の花が香ってくる。まるで春のように穏やかだ。炊きたての米と壺《つぼ》が置いてあり、一枚の紙が置かれていた。まだ歌の下手な鶯《うぐいす》の鳴き声が聞こえた。

アンゲリーナはその文字を読む。達筆すぎて解読できず、木札をとおして文字を読んだ。

『醸《かも》せ』

そう書いてある。

アンゲリーナは思い出した。有職故実の本の中で、古来神殿に捧げる酒は『口噛《か》み酒』だったと書いてあった。巫女《みこ》たちが口噛み酒を作っていたのだ。

アンゲリーナは米を口に含むと咀嚼《そしゃく》して、壺へ吐き出した。米がすべてなくなるまで繰り返す。口が痛くなってくる。すべての米を噛み終わると、壺に蓋をした。

これで正解なのかしら？　お酒になるには時間がかかるはずだけど……。違う方法があったのかな。

アンゲリーナは不安に思う。これはきっと第四の試練だ。

するとそこに青龍が現れた。グルリと壺の周りにとぐろを巻く。そして、マジマジとアンゲリーナを見やった。アンゲリーナに巻き付く金龍を見て、驚いたように目をしばたかせる。そして二体の龍は笑い合った。

「久しいな」

青龍は金龍に酒の入ったひょうたんを手渡した。

「久しいの」

「最後の試練にゆくが良い」

青龍がそう言うと、青龍の後ろに黒い門が現れた。

アンゲリーナはその門をくぐる。小さな丘に向かって、つづら折りの山道になっていた。青い小鳥が飛んできて、アンゲリーナに振り向き鳴いた。雄のルリビタキだ。道案内をしてくれるようだ。アンゲリーナは青い鳥を追った。息を切らして山道を登り、丘の頂上へ着く。

そこには玄武《げんぶ》が眠そうな顔をして地面にある小さな池を覗いていた。

「大切なものを落としてしまってね。すくってくれないかい」

「なにを落とされたのでしょう？」

「それがわからないのだよ」

玄武はそう答えた。池の前には、金のザルと、金の箸、金の柄杓《ひしゃく》がある。アンゲリーナは水面を覗いた。

キラキラと星のような氷の欠片《かけら》が浮いている。すべて同じように見えて、大切なものがいったいなにかわからない。本来の試練では、玄武の口に黒い石を入れると、逆鱗に交換されるはずだった。

しかし、アンゲリーナはすでに逆鱗を持っているため、方法が違うらしい。

「良い酒をもらったのだ、一献《いっこん》どうだ？」

「それは良きかな」

金龍はスルリとアンゲリーナから離れると、ご機嫌な様子で、青龍からもらった酒を玄武に勧め、飲み始めた。

自分で考えなくちゃ。

ジッと水面を見ていて気がつく。氷の欠片は水面が揺れても動かない。そして、この動かない点の配置は見たことがあった。

葛籠箪笥の鍵と同じ模様。北の空の星だ‼

「ひとつお伺いしてもいいですか？」

「かまわぬよ」

「大切なものはひとつですか」

「ああ、ひとつじゃ」

金の柄杓は七つ星を表しているのね。大切なものはひとつだから、きっと北極星。

アンゲリーナは金の柄杓を取った。そして、氷の欠片をひとつ、ふたつと数える。七つ目の氷の欠片を数え終わり、ジッと目を凝らす。そして、たったひとつの氷の欠片をすくい上げた。

「お探しのものはこれでしょうか」

金の柄杓ですくった氷の欠片を玄武に見せる。玄武は満足げに頷いた。金龍は金の柄杓に巻き付き、まるで柄杓の柄のように動かなくなった。

「そうじゃ、これじゃ。北辰じゃ。逆鱗の代わりに汝にそれを与えよう」

ドンと、アンゲリーナの目の前に黒い漆塗りの扉が落ちてきた。

アンゲリーナがその扉を開くと、そこは天帝廟の一階に繋がっており、アンゲリーナを待つ面々が座っていた。その奥には、粗末な木でできた扉が見えた。ループ前にアンゲリーナが帰ってきた扉だった。

フェイロンたちはアンゲリーナのほうを、ミオンや道士たちは木の扉を見つめていた。

「アンゲリーナ‼」

フェイロンが立ち上がる。ミオンが振り向き驚いた顔をする。

「女官長の話と違うではないか」

道士たちがヒソヒソと話し合う。

アンゲリーナは金の柄杓を頭の上に掲げた。すると、金の柄杓から北辰が飛び出して、天帝廟の天井に描かれていた星座図の北極星に収まった。

わっと声が上がる。

「先々代の皇帝が亡くなられた際に落ちた北辰が戻られた‼」

白いひげを長く垂らした仙人のような道士が声を上げた。

「先帝によって落とされたジンロンの標《しるべ》が」

「現皇帝の御代《みよ》が四神に認められたのだ」

アンゲリーナの周りに道士たちが集まってくる。

「試練を超え、北辰を持ち帰られた！　皇女アンゲリーナ殿下の誕生だ」

「いいえ！　北辰と試練は別問題です‼」

声を張り上げたのはミオンだ。

「いい加減にせよ、女官長」

窘めたのは宰相のトウミだ。

「いいえ！　なぜ、金の柄杓などを持っているのですか？　なぜ羽織っていたはずの着物を着ていないのですか？　なぜ濡れているはずの裾が濡れていないのですか？」

矢継ぎ早にミオンが問う。通常の試練の場合、途中で水路を渡る。必ず足下が濡れるのだ。

「手首には数珠もない！　不正を働いた証拠です‼」

道士たちから疑いの目が向けられたアンゲリーナは、足首から数珠を外してみせる。そこには五色の珠が輝いていた。

「数珠の色は正しいが、なぜか中に四神のお姿が見える……。こんな不思議なことがあろうか？」

道士が呟いたとき、柄杓の柄だと思われていた金龍がグルリと蠢き、アンゲリーナに巻き付いた。

「四神の意図を読み解けぬ者が道士を名乗るとは片腹痛い」

金龍の言葉に、道士たちが一斉に跪いた。ミオンは驚きよろめいた。

「アンゲリーナは龍の声を聞き、北辰を取り戻した者。四神と金龍の名のもとに、皇女アンゲリーナを玉女《ぎょくじょ》と認める」

金龍は神々しく告げた。

ミオンはガクリと膝をついた。皇女ばかりではなく、玉女としてもアンゲリーナが認められたのだ。

「玉女様……」

道士が呟いて、金龍は鷹揚《おうよう》に頷いた。玉女とは神の使いとなる女性のことだ。

「玉女であれば、試練の前に逆鱗を与えられていても不思議ではない」

仙人のような道士がそう呟いて、アンゲリーナの前に額《ぬか》ずいた。

「玉女アンゲリーナ様、我ら道士はその御心《みこころ》にお仕えいたします」

突然のことにオロオロとするアンゲリーナをフェイロンは抱き上げ、無言でミオンを見下ろした。

ミオンは圧死させられそうなほどの眼力に総毛だった。

さすがに不敬で罰せられるわね。……でも、陛下の手で殺されるならそれでいい。

ミオンは小さく息をつき、跪いた。そして、白いうなじを自らさらし、額を床につけた。斬首を覚悟したのだ。

フェイロンは剣に手をかけた。カチリと音がして、指先分だけ鞘から出た刀身が鈍く光る。多くの血を吸ってきた剣だ。

そのとき、フワリとアンゲリーナの端布がフェイロンの指先を撫でた。フェイロンはハッとする。左腕に抱えていたアンゲリーナが、不安そうにフェイロンを見つめている。濁りのない青空色の瞳はファイーナを思い出させた。その奥にきらめく虹色の光彩はキリルと同じだ。

この子が血で汚れるのは見たくない。

フェイロンはそう思い、剣を鞘に戻し、アンゲリーナを安心させるよう両手で抱き直した。

「追って沙汰を出す」

フェイロンはそれだけ言うと、アンゲリーナを抱えたまま天帝廟をあとにした。

◇◇◇

ミオンはその後、キリルとジュンシーによって今までアンゲリーナにしてきた罪を暴かれた。そして、女官長の任を解かれ、罪人の焼き印を押された。焼き印がある者は、皇室が関わる行事や場所への出入りは禁止される。魔法の施された焼き印は、ときおり痛みをぶり返す。罪を忘れさせないためだ。

レアン一族からは、ナンラン国にリュウホを傷つけた謝罪として、トウミ自らミオンを連れて謝罪に向かい、莫大《ばくだい》な慰謝料を支払った。そして、ミオンはレアン一族の領地へ送られることになった。この程度で済んだのは、アンゲリーナの口添えがあったからだ。

フェイロンはレアン一族を断罪しようと気色ばんだ。しかし、アンゲリーナはそれをとどめた。なにしろ、今までも多くの貴族官僚を処罰してきており、フェイロンの周りは常に人材不足なのだ。有能なトウミやジュンシーの代わりになる者はいない。

それに、ループ前はレアン一族に裏切られてクーデターが起きたんだもん。恨みを買って、クーデターになったら大変。

アンゲリーナはそう思い、寛大な処置を望んだ。

ミオンが領地に送られる日、アンゲリーナは最後に会いに行った。

ミオンが焼き印を押されたと聞き、さすがに不憫に思ったのだ。確かに、いくつかの虐待を受けた。ループ前には酷い目に遭った。しかし、ループ前の虐待は今のミオンの罪ではない。

アンゲリーナは、キリルやフェイロンに出会い、愛されたことで、今の人格とループ前の人格を同一視して恨むことができなかった。

癒やしの力で痛みを消してやれればと思った。しかし、ミオンはアンゲリーナの申し出を断った。

「皇女殿下にしたことを、皇后陛下にしたならばこの程度では済まされなかったでしょう」

ミオンは理解できないと言わんばかりの顔で答えた。

「とうたまは変わったんだよ」

アンゲリーナがそう言うと、ミオンはハッとして口元を押さえた。

そしてマジマジとアンゲリーナを見つめる。黒い瞳が揺らめいている。いつもの嘘で塗り固められた美しすぎる微笑みはそこにはなかった。

「あの人が変わった……」

確かに以前のフェイロンなら、天帝廟でミオンを斬首していただろう。レアン一族郎党も、下手をしたら全員処刑されていたかもしれない。それほど苛烈《かれつ》な皇帝だった。

妻を奪われそうになったことをきっかけに、皇位を簒奪したフェイロンは、まるで雷のように激しく恐ろしく、そして美しかった。妻を失い、生きる目的を失い、冷酷さを増した皇帝は、遠い夜空の孤高の星だった。

でも、今は父になってしまったのね。

柔らかいまなざしでアンゲリーナを見るフェイロンを、ミオンは見たくなかった。皇帝の威厳を損ないかねないと、恥ずかしく、悲しく思っていた。

でも、あの人が本当に欲しかったのは、皇帝の地位などではなかったのよ。

ミオンの頬にほろりと一雫《ひとしずく》、転がり落ちるものがあった。

「皇女アンゲリーナ殿下、どうか、フェイロン皇帝陛下をお支えください」

ミオンは真摯《しんし》にアンゲリーナを見つめ、深く深く頭を下げた。

「わたし、ミオンに教わりたいこといっぱいあったな」

「どうしてですか？　私はたくさん酷いことをしました」

「だって、こうきゅうのことはミオンがいちばん知ってるでしょ？」

アンゲリーナが当たり前のように口をとがらせて答えた。

その言葉で、ミオンは気がついた。ミオンが本当に欲しかったものは、妃の地位ではなかった。ただ憧れの伯母のように、後宮に必要な者だと皇帝に認められたかったのだ。

いつから私はそれを忘れてしまっていたの。どうしてこの子がその言葉をくれるの。

ミオンの胸は苦しかった。でも最後に欲しい言葉をもらえたことで、憑《つ》き物が落ちた気がした。

この子はまさしく玉女なのだわ。

「お困りのことがありましたら、手紙をお送りください」

「いいの？」

「私はどこにいても、これからも、ジンロン帝国の忠実なる僕《しもべ》です」

ミオンはそう言って、少し照れたように笑った。

その素朴な微笑みが、今までのどんな微笑みよりも美しく、アンゲリーナは少し悲しかった。

名を得た娘とただの父

ここは北斗苑、標樹の根元である。フェイロンは気配を消し、子どもたちの様子を見に来ていた。

土砂崩れによって壊れてしまった北斗苑は、標樹より石竜山側は自然に帰すことになった。金龍が土砂をせき止めた跡は、金龍の形に添って小さな土手のように残っている。そこに、魔法の防壁を張り直し、それより内側は、紫微城管轄の北斗苑とし、そこから山側に人が住むことを禁じ、植樹を始めることになっている。土蔵はなくなってしまっても、北斗苑はアンゲリーナにとって特別な場所だった。

金色の龍が標樹を囲むようにとぐろを巻いて眠っている。そのツノには薄紅色のアゲハ蝶《ちょう》が留まっているのだが、気がつかないようだ。

金龍のとぐろの中にはキリルがおり、キリルの膝にはアンゲリーナがいた。そしてアンゲリーナに寄り添うように炎虎の姿となったリュウホが寝転がっている。一時《いちじ》は人の姿になり、炎虎には戻れないのではないかと思われたが、アンゲリーナに再会したことで心が安定し、炎虎の姿にも戻れるようになったのだ。リュウホが成人となり、人となるか虎になるか選ぶまで、まだまだ時間がかかりそうだ。

リュウホの前足はアンゲリーナをフミフミしている。きっと良い夢を見ているのだろう。

みんなスヤスヤと眠っている。

子どもたちがまどろむ姿を見て、フェイロンは微笑んだ。自分にはなかった幸せな子ども時代。こんなに無防備に子どもが眠るのが不思議でならない。

こんな日がずっと続けばいい。

フェイロンはそう願い、皇帝としてそうせねばならないと誓った。

アンゲリーナが玉女になり、天帝廟の北辰を取り戻したことで、天帝教の道士たちは、フェイロンの治世を認め協力的になった。また、他国の血が混じる皇子皇女に否定的だった貴族たちも、考えを改めた。華蓋の人々もアンゲリーナには好意的だ。フェイロンの恐怖政治で萎縮していた紫微城に新しい風が吹き始めていた。

アンゲリーナにはずいぶんと助けられている。

フェイロンは感謝してもしきれない。理論と力だけで推し進める恐怖政治では、これから国をまとめていくことが難しくなることが予想されていた。そこへアンゲリーナが現れて、方向変換のきっかけになったのだ。

アンゲリーナたちの作った幸せそうな空間をうらやましく思いながら、フェイロンは静かに引き返そうとした。

声をかけたら、あの幸せな空間が消えてしまいそうだ。

その場に自分が入れないことに、一抹の寂しさを感じながら、それは当然だと思った。多くの人々を殺してきた自分に、幸せを手に入れる資格はないとフェイロンは思っていた。

「とうたま?」

アンゲリーナの声に驚いてフェイロンは振り向いた。

アンゲリーナはキリルの腕の中からフェイロンに向かって手を広げた。フェイロンの背中が物寂しげに見えたのだ。

「とうたま、だっこ」

アンゲリーナの一言で、フェイロンは唇を噛んだ。熱いなにかが胸からこみ上げてきて、顔が自然に緩んでしまう。フェイロンは急ぎアンゲリーナのもとへ近づいた。

慌てすぎてリュウホの尾を踏んでしまう。

「痛い‼　なにすんだ‼」

リュウホは、人型にならなくても人語を伝えられるようになっていた。

怒鳴るリュウホを無視して、フェイロンはアンゲリーナを抱き上げた。

「リーナ」

フェイロンは優しく声をかけ、乱れたアンゲリーナの髪を整えてやる。フワフワとして掴みどころのないピンク色のくせ毛を耳にかけた。妻によく似た髪だった。

アンゲリーナはふと、龍の背中で見たフェイロンの傷を思い出す。逆鱗を剥がそうとしたかのような左耳の傷だ。

逆鱗は他人が悪意を持って傷つけることはできない。龍の怒りに触れるからだ。フェイロンの傷は自分で剥がそうとした証しだった。

父様の子ども時代も苦しかったのかな。だとしたら、私と一緒。

アンゲリーナは思う。

今くらいは休んでほしいな。

「とうたまもお昼寝、しよ？」

アンゲリーナは眠たげに目をこすった。

フェイロンは戸惑って金龍を見る。金龍は目を瞑ったまま、とぐろを緩めてフェイロンの入る場所を作ってやる。

フェイロンはアンゲリーナを抱いたままキリルの横に腰掛けた。

リュウホがアンゲリーナに額をつける。自然とフェイロンにリュウホの顎が乗ることになる。

アンゲリーナのぬくもりと、キリルの柔らかさ、そして炎虎の重さに、フェイロンは胸を開いてくつろいだ。

リュウホのお腹がフワフワと気持ちよさそうに揺れている。

薄紅色のアゲハ蝶がフェイロンの剣に留まった。

蝶には死者の魂が宿ると聞く。ファイーナ、お前も来たのか？

フェイロンは亡き妻の気配を感じて満たされ、微笑んだ。

剣にはまだ、アンゲリーナが作った天使の守護印が結ばれていた。

番外編

ミンミンとアレ

　居酒屋『青海酒房』の女将《おかみ》は娘に手を引かれて店の裏口へ出た。

「ママ、こっち、こっちきて」

　グイグイと女将の手を引っ張るのは、三歳になる娘ミンミンだ。黒髪をふたつに分け、三つ編みにし、輪のようにまとめている。下町ではありふれた子どもの髪型だった。

「どうしたの、ミンミン。ママ、いそがしいの、あとにして」

「だめよ、いま、こっちこっち」

　娘に手を引かれ、女将は少しげんなりしていた。

　昨夜、紫微城でクーデターが起き、冷酷と名高い皇帝フェイロンが殺されたという噂が囁かれている。紫微城内から火の手が上がり、中に住む人々が逃げ出してきたからだ。しかし、正式なお触れは出ていない状況だった。

　ここジンロン帝国では、貴族や宮人たちは魔法の防壁に守られた紫微城内で生活をしている。そのほか一般庶民は、魔法の防壁の外側から城壁の間の外郭《そとぐるわ》に住んでいる。外郭に住む人々には、紫微城内の詳しいことは知らされない。

　民衆の多くは、皇帝の名前がすげ替えられたところで、大きな違いはないと考えていた。実際、先々代皇帝が自死したときも、先代皇帝がフェイロンに殺されたときも、紫微城内は大騒ぎになったが、外郭の生活は変わらなかった。

　しかし、商売上の損得はある。新しい皇帝が禁酒令を出すようなら、命令が出る前に売りさばいておいたほうが良い。商機を逃さぬために、考えなければならないこともあった。青海酒房の女将も、今夜の仕込みをするかどうか、主人と話し合わなくてはと思っていたところだ。

　そうでなくても、子育てをしながら居酒屋を切り盛りするのは大変だ。最近ではミンミンが大きくなり、おんぶのまま店に出ることもできなくなったため、手を焼いているのだ。ミンミンは生まれつき人見知りもせず、好奇心旺盛で活発だった。

　面倒に思いながらも、裏口へ出る。放っておくといつまでもしつこいからだ。渋々ミンミンに付いていくと、ゴミ箱の置かれた壁際に、乱雑に捨てられた汚い布が見え顔をしかめた。

「また、誰か勝手にゴミを……」

　そうぼやくと、ミンミンが強く手を引いた。

「ゴミ、ちがうよ」

　女将はゴミに見えたものに近づく。そしてギョッとした。ゴミ箱に寄りかかるようにして女がグッタリとしている。このあたりでは見慣れないウエーブの髪だ。珍しいピンク色の髪には、竹の葉が絡みついている。服装は下町でも見かけない粗末な麻。枯れ葉のように細い手足。しかも足は血まみれで、ケガをしているようだった。

　表情の抜け落ちたうつろな顔は、青白く痩せこけていたが端整だ。長く伸びた前髪から覗く瞳は空色で、異邦人だと思った。

　ミンミンが異邦人の前に出て呼びかける。

「ねーね？」

　異邦人はその声にはハッとして、頭を抱え込み、声もなく身を縮めた。

「……」

女将はあっけにとられた。この異邦人は三歳のミンミンに殴られると思って怖がっているのだ。どうしたら、そんな発想になるのだろう。見るからに痛ましい格好に、異邦人の過去が垣間《かいま》見え、女将は顔をしかめる。

「ミンミン、いたいことしないよ」

ミンミンは困ったような声でそう言って、異邦人の前にかがみ込んだ。異邦人は恐る恐る頭から手を離した。しかし、その目はキョロキョロとして焦点が合わない。逃げ出す隙を窺う動物のように卑屈だ。

「アンタ、ちょっと待ってなさい」

女将は小さくため息を吐くと、綺麗な水を持ってきて、異邦人のケガを洗ってやった。

「しみるかもしれないよ、でも消毒しなきゃね」

そして、酒を吹きかける。異邦人はグッと体を硬くはしたが、表情は変わらない。酷くしみるはずなのに、痛いそぶりも見せられない異邦人が気の毒に思えた。

「いたいのいたいの、ふぇいろんにとんでけー‼」

ミンミンが言って、異邦人はキョトンとする。皇帝フェイロンの名は無敵の代名詞だ。『フェイロン』が皇帝だと知らない子でも、こうやってまじないに使うのだ。無敵の男に痛みを肩代わりしてもらうのだ。

クーデターはともかくも、あの皇帝陛下が殺されるなんてあるのかねぇ。

女将は噂話を信じられずにいた。

「いたいのない？」

ミンミンが聞けば、異邦人は無表情のままコクリと頷く。

「ありあと！　いうの！」

ミンミンがそう言うと、異邦人はモゴモゴと「ありあと」と言う。子どもが言うことを素直に聞く純粋な姿に、女将は驚き心が温まる気がした。良い子に違いない、長年人相手の商売をしてきた女将は直感的に思った。

ミンミンは、異邦人の頭を撫でようとした。異邦人はビクリと体をこわばらせる。殴られる準備をしたのだ。ミンミンは泣きそうな顔になって、異邦人の頭を撫でた。

「いいこ、いいこ、よ。ねーね、いいこ」

異邦人はオズオズと顔を上げ、ミンミンを見た。ミンミンは異邦人の長い前髪を分けて、顔をさらす。異邦人の瞳にミンミンがしっかりと映った。

「ねーね、ニコ、よ？　ありあとは、ニコ」

ミンミンはそう言うと、異邦人の口の端をぶしつけに指でむりやり引き上げた。異邦人はミンミンにされるがままに、ぎこちなく唇の端をゆがめた。それは笑顔にはほど遠く、笑うことを知らないのだと女将は胸が痛んだ。

それから、異邦人はミンミンと一緒に暮らすことになった。

青海酒房の女将と主人は、みすぼらしい姿の異邦人を見て蛮族の奴隷だと思った。ジンロン帝国では先々代皇帝が奴隷制度を廃止した。しかし、従属国では奴隷制度が残っている国もあった。紫微城のクーデターは本当で、皇帝フェイロンと皇太子キリルは殺され、この騒ぎに乗じて従属国の人たちはジンロン帝国から逃げ出していた。逃げる際に捨てていかれたのだろうと哀れに思ったのだ。

名を尋ねれば「アレ」だと答える。ジンロン帝国では人の名に使わない言葉だが、異国では別の意味があるのだろうと女将は思った。

アレは身を整えてやれば、とても綺麗な娘だった。文字は書けず、計算もできなかったが、教えてやれば瞬《またた》く間に覚えた。はじめは子守もまともにできなかったが、すぐに店の仕事まで覚えた。必死に仕事を覚えようとするアレの姿は、捨てられまいとする子どものようで痛ましくあった。

アレは今日、ミンミンと散歩をしている。チリチリと焼ける晩夏の午後。舗装のされてない小道の脇には、庭先から枝を伸ばした棗《なつめ》がたわわに実っている。木陰には熟れた棗がたくさん落ちていた。取りきれない棗のせいで枝が重そうにたわんでいる。

ミンミンが手を伸ばし、棗の実をもぎ取って、アレに手渡す。

「ねーね、たべゆ？」

そう言って小首をかしげてから、ミンミンは棗を取って頬張った。アレはそれを見て、同じように棗を頬張る。ぬるい棗が爽やかな音を立てる。甘酸っぱい。渇いた喉にしみるようだとアレは思った。

　ふたりで顔を見合わせて、笑う。アレはぎこちない笑顔だ。ミンミンが笑うからまねして笑う。だからぎこちなくなるのだ。

　道ばたに座り込み次々と棗を摘んでいると、家から中年の男が出てきた。

「こら、盗人《ぬすっと》！」

　アレは盗み食いを怒られると思い、俯いて体を小さくする。ミンミンにつられて食べてしまったが、盗んだつもりはなかった。

　ミンミンは男を見てニッコリ笑う。

「おじちゃん、おいし！　ありあとね！」

　男はミンミンを見て、頬を緩ませた。アレのエプロンには、食べ終わった棗の種がいっぱい入れられていた。

「旨《うま》かったか、そうか」

　そう言ってから、アレを睨んだ。そしてミンミンに聞こえないように、小声で注意する。

「取るなとは言わん、でも、道ばたに座り込んで取るのは止めろ」

「……は……あ……」

「ちょっとのイタズラは良いんだ、でもやりすぎはダメだ。どこまでが許されるか子どもはわからんから、教えてやるのが大人の役目だ。しっかりしろよ、ねぇやさん」

　アレは目の前が真っ暗になった。アレは、北斗苑に閉じ込められていたために、外の世界の常識がわからない。守らなくてはいけないルールと、破っても叱られないルールの違いがわからないのだ。

叱られる、怒られる、叩かれる。自分だけなら良い。ミンミンまで叩かれたらどうしよう。

「私、わからなくて、あの、すみません、でもこの子は、この子だけは許してください、おねがいします」

顔を真っ青にして、カタカタと震え、泣き出しそうに縋るアレを見て、男はため息を吐いた。

「いや、いい、そうじゃないんだ。じゃ、俺が言うとおり、その子に聞こえるように言え」

「はい」

アレは耳打ちされたとおりに男に謝る。

「勝手にたくさん取ってしまってごめんなさい」

ミンミンはそれを聞いて、ハッとした表情になり、慌てて頭を下げた。

「ミンミン、おいしくて、ごめんなさい」

ミンミンの謝罪に男は鷹揚に頷いた。

「たくさん欲しいなら声をかけろ。取ってやるから。棗なんか腐るほどなる。道で食べてたら危ないだろ?」

そう言ってミンミンの頭を撫で、「よく謝れた」と笑って褒める。

アレはミンミンの謝罪が許されたことが嬉しくて思わず微笑んだ。アレの謝罪は許されたことがなかったからだ。

「ありがとうございます‼」

思わず大きな声で礼をして頭を下げれば、足下のミンミンが弾けるように笑った。

「そうよ、ねーね、ありあと、ニコよ」

男は天真爛漫な幼女と、卑屈すぎる少女に呆れながらも、そのやりとりを好ましく思った。

そして、アレとミンミンは男から生の棗と干し棗をたくさんもらって青海酒房に帰った。店の女将はそれを見て喜んで、棗酒を作り男の元へ届けるようにアレに頼んだ。アレはそれを男に届け、改めて棗の礼を言う。男は酒を喜んで、その後、青海酒房にも足を運ぶようになってくれた。

アレはそんな交流を不思議に思った。アレにとっては失敗は絶対に許してもらえないものだったからだ。こんなふうに仲良くなれることが信じられなかったのだ。

「いらっしゃいませー‼」

青海酒房の扉をくぐると、元気な声が響いてくる。看板娘のミンミンと新たな店員アレの声だ。ミンミンがアレの前で先輩ぶって指導している様子が面白おかしく、最近では店の名物になっていた。

「ねーね、いらっしゃいませ、ニコよ？　ニコ」

「はい！」

アレは嫌な顔ひとつせず、ミンミンの指導を真面目に受けているから、それもおかしい。

「おーい、こっちに注文！」

大きな男の声に、アレはビクリと体をこわばらす。しかし、ミンミンはそんなアレのお尻を押して注文を取りに行く。ミンミンを可愛がっている常連だ。

「おまたせしました」

アレがオズオズと言えば、ミンミンはニッコリ笑いながらアレをつつく。

「ねーね、きょうのおすすめ！」

「厚切りチャーシューです」

「ニコよ？　おねがいは、ニコするの！　ミンミンみてて」

ミンミンがそう言って、机に手をつき上目遣いで客の目を見てニッコリ笑う。

「チャーシュー、おいしいよ？　おねだりビーム‼」

そう言ってパチンとウインクをした。そのあざと可愛い様子に、客はキュンと胸を打ち抜かれた。そしてデレリと笑う。

「ミンミンのおねだりビームに当たったら、わかっていても断れない！　チャーシュー追加するか！」

「うん！」

ミンミンと客のやりとりを聞きながら、アレは注文を覚える。

「ほら、ねーねも、ニコするの！　ニコしてビームなのよ？」

ミンミンに言われて、アレも素直にそれに応じる。ちなみに『ビーム』とは、異国の大道芸が使うセリフで、最近はやっている言葉だ。

ミンミンのまねをして上目遣いをしてみる。でもまだ笑顔はぎこちなく、ニコと硬く笑う。アレは、愛想笑いがまだ苦手なのだ。

「チャーシュー、おいしい、です。あの、食べてください？　ビー……ム？」

客はそれを見て、アハハと笑う。

「ねーねちゃん、もうチャーシューは頼んだよ。アンタのおすすめは？」

「私、私は、春巻き！」

アレはワタワタと答える。無表情だったアレも段々と表情を取り戻してきた。慌てても、失敗しても、困っても、ここでは怒られることはない。せいぜい軽く笑われるだけだ。そんな環境がアレの心をほぐしていった。

「よし、じゃ、春巻き、追加で」

アレはほっと一息吐く。

「ミンミン、おじさんとねーねを困らせちゃダメよ！」

女将の声が響く。ミンミンは上目遣いでアレと客を見て小首をかしげた。

「ミンミン、困らせた？」

アレは、ミンミンのあざとさにキュンと心を掴まれて、ふたりはフルフルと頭を振る。

「困ってないよ、なぁ？　ねーねちゃん」

「はい。困ってないから、もっと教えて？　ミンミン」

アレの答えに、ミンミンはしてやったりという顔でニヤリと笑った。

「ほらね、ママ。こまってないもん！」

「ミンミン！」

女将に叱られ、キャーと抱きついてくるミンミンをアレは抱き上げた。

「ねーね、だいすき‼」

ミンミンはヒシとアレを抱きしめる。アレもミンミンを抱きしめ微笑んだ。

私はどれだけミンミンに助けられているのだろう。

アレは屈託のないミンミンを愛おしく思う。

「私もミンミン大好きよ」

コスモスの蕾が綻《ほころ》んだようなアレの微笑みに、客のひとりが息を呑んだ。

「あの子、自然と笑えるようになったねぇ」

しみじみとした呟きは、酒場の喧噪《けんそう》の中にかき消されていった。

番外編

玉女と護神獣

今日は天帝廟で、炎虎リュウホが、玉女アンゲリーナの護神獣として契約を結ぶ儀式が執り行われる日だ。

宰相トウミが、リュウホがアンゲリーナの側に堂々といられるよう知恵を絞ってくれたのだ。しかし、皇帝フェイロンは面白くない。そもそも、アンゲリーナの側にリュウホがいることも快く思っていない。その上、アンゲリーナが玉女になってから天帝教が何かとアンゲリーナと接触しようとするのだ。アンゲリーナが政治や宗教に利用されることをフェイロンは嫌悪していた。

しかし、トウミにしてみれば、キリルとアンゲリーナの母は亡く、母の一族もいない。後ろ盾のない彼らに、できるだけ多くの協力者をつけてやりたいと思っていた。

玉女の護神獣となるには、形式的な試練がある。護衛をつけず、護神獣だけで玉女を天帝廟に送り届けるというものだ。そうすることで護神獣に玉女を守る力があることを周知させるのだ。

リュウホとアンゲリーナは天帝廟へ向かうべく、北辰宮の船着き場に来ていた。紫微城内の水路は小舟が通っており、それを使って北辰宮から天帝廟へ向かうのだ。

アンゲリーナはいつもどおり、リュウホに乗っていくと思っていたから、ルートを聞いたとき驚いた。ちなみにルートと方法はフェイロンが決めた。水が嫌いなリュウホに対する嫌がらせである。フェイロンは内心、リュウホが失敗すれば良いと思っていた。リュウホが護神獣となってしまえば、アンゲリーナとの絆が神のお墨付きとなる。それが気に入らないという、幼稚な独占欲である。

北辰宮の船着き場から、アンゲリーナとリュウホは船に乗り込んだ。今日のリュウホは虎型である。炎虎として天帝廟に詣《もう》でるのだ。

アンゲリーナが先に船に乗り込んだ。リュウホもあとに続く。前足を置いた途端、グラリと揺れる船に驚いて、リュウホのヒゲと尻尾がブワリと膨らむ。

「リュウホ、大丈夫？」

「だだだだだ、だいじょ、ぶ‼」

リュウホは強がって大丈夫と答えたが、足下はグラグラで周囲は水だらけ、本心は全然大丈夫ではない。

「怖いなら止めてもいいんだぞ？　護神獣は諦めたらいい。ただの友で良いではないか」

見送りに来たフェイロンは楽しそうだ。

「べ、べつに、こ、わく、ない、しー‼」

「とうたま、いじわる」

強がるリュウホに、ムッとするアンゲリーナ。子どもと張り合うフェイロンに、キリルとジュンシーは呆れていた。

「船で行く決まりはないから、歩いていったって良いんだよ？」

キリルが哀れむように言った。

「そうなると、船旅に連れていけないリュウホは護神獣とはいえないな」

シレッとフェイロンが付け足す。

リュウホはムキになる。

「ぜっんぜん、平気だしー‼　ちょっと、ちょびっとだけ、ビックリしただけだし‼」

そういうリュウホの耳はしっかり倒れて、毛は膨らんだままだ。アンゲリーナは心配して、船から下りようと立ち上がる。グラリと船が揺れ、アンゲリーナは驚いた。

「きゃっ！」

「リーナ‼」

その瞬間、リュウホが船に飛び乗って、アンゲリーナの襟首を咥え、抱きしめた。勢いで船がグラリと大きく揺れる。リュウホは驚いて、ギュッと目を瞑った。

怖い‼　でも、リーナは俺が守るんだ！

リュウホは、土砂崩れの日、雨に濡れ冷たくなったアンゲリーナの姿を思い出した。人の子どもは簡単に死んでしまうのだ。

リュウホは気合いを入れるべく、船の床に四肢《しし》をムンと突っ張った。水の上で足を踏ん張っても、船はユラユラ揺れるだけで心許《もと》ない。太い足はプルプルと震えている。

アンゲリーナはそんなリュウホの体をギュゥッと抱きしめた。そして丁寧にモフモフをナデナデする。リュウホはアンゲリーナのナデナデに段々気持ちが落ち着いてきた。

「ほら、早く船出せよ‼」

リュウホは早くフェイロンの前から逃げ出したくて、乱暴に言った。アンゲリーナは苦笑いしつつ、船頭を見る。船頭はふたりの微笑ましい姿に笑った。

「では出発します」

船頭の竿《さお》が、トンと川底を突いてスルスルと小舟が動き出した。リュウホは歯を食いしばって、フェイロンを睨んだ。これ以上馬鹿にされたくないと思ったのだ。

フェイロンが船着き場を去ったのを確認してからアンゲリーナの肩に顎を乗せ、ホッと息を漏らした。

「リュウホ」

アンゲリーナは笑う。リュウホは水が苦手なのだ。大丈夫と言ったのは強がりだとわかっていた。それでもアンゲリーナを守ろうと船に飛び乗ってきてくれた。揺れる船の上で、リュウホのモフモフは毛羽だって、体も小さく震えている。それなのに、アンゲリーナを守ろうとしているのだ。

「わたしもふね、はじめてなの、リュウホといっしょで良かった」

「うん！　俺も！　俺も！　リーナと初めてで良かった！」

リュウホはギュッとアンゲリーナを抱きしめる。船が小さく揺れると、同じようにリュウホも震える。

こんなに水が嫌いなのに、私の護神獣になるために頑張ってくれている。雨が嫌いなはずなのに、土砂崩れの日も私を助けてくれた。

アンゲリーナは胸が締めつけられるように痛くなる。嬉しくて切なくて、リュウホのモフモフにグリグリと鼻先を押しつける。温かい体温、お日様の香り、それがリュウホだ。

無理に護神獣にしたいわけじゃない。リュウホだったらなんでもいい。でも、それを口にするのは頑張っているリュウホに失礼だよね。そういうところも全部――。

「好き」

毛皮に唇をつけたまま小さく呟く。くぐもった声はリュウホには聞こえなくて良い。

「俺も」

それなのに耳の良い炎虎にはしっかりと聞こえたようで、顎をアンゲリーナになすりつけた。リュウホのお日様の香りがしみこんで、アンゲリーナの心ごと温めた。

玉女と護神獣を一目見ようと集まってきた人々は、ギュッと抱きしめ合う幼女と虎の姿をニコニコと見守っていた。

フェイロンはそんなふたりの様子を見て顔をしかめる。平民に身をやつした格好で、川沿いの道を先回りしてきたのだ。

リュウホに対する嫌がらせで船のルートに決めたのは良いが、小舟の上で虎が暴れたらと、アンゲリーナのことが心配になったのだ。

川沿いの道には、平民の服装をした護衛の騎士たちが配備されていた。もちろんフェイロンの私的な命令で、天帝教とアンゲリーナたちには内密である。キリルもこっそりと見守っていた。

リュウホが鼻をヒクヒクと動かす。キリルの気配を感じ、そちらに目を向けると、川に沿って伸びる道の片隅に、輿《こし》が見えた。特段目立つ輿ではない。平民が使うことは珍しいが、足の悪い老人などが使う簡素なものだ。リュウホがジッとそれを見ると、上げられていた御簾《みす》が乱暴に下げられた。リュウホに見つかったことにキリルが気づき慌てたのだ。リュウホはガクリとうなだれた。

　きっとキリルだ。過保護なやつ……。

「リュウホ？　どうしたの？」

　アンゲリーナに問われ、リュウホは首を振った。

「何でもない」

　アンゲリーナが知ったら嫌がると思ったのだ。キリルもそれをわかっているから隠れている。

「ほんと？」

「うん、ほんと」

　リュウホがベロリとアンゲリーナを舐める。

　フェイロンは思わず剣に手をかけた。その瞬間、リュウホがバッと振り向いた。フェイロンの殺気を感じたのだ。

「どうしたの？」

「今のは……」

　リュウホはフェイロンが近くにいないか、キョロキョロとあたりを見回す。アンゲリーナもリュウホにつられて周りを見回した。しかし、気配を消したフェイロンをふたりは見つけられなかった。

さすがに皇帝が公務をほっぽり出して見に来るわけないか。考えすぎ考えすぎ。

リュウホはそう思い直した。

「気のせいだったみたい？」

リュウホが言えば、船頭は「気のせいですよ」と笑った。


短い船旅を終えて天帝廟へ着く。船着き場には、天帝教の道士たちが両脇に並んでふたりを待っていた。歓迎ムードである。

リュウホはアンゲリーナが下りたのを確認すると、気合いを入れて船から飛び降りた。船がグラリと揺れて船頭が思わず声を上げる。

リュウホはやっと地面に足が着き、ホッとして顔を洗った。

「玉女様、炎虎様、お待ちしておりました」

仙人のような白ヒゲの道士が恭しくふたりを迎える。道士たちに案内されて、アンゲリーナとリュウホは天帝廟に入った。

アンゲリーナは仙女のような服に着替え、リュウホはアンゲリーナの服とそろいの布を首にかけられた。お祝い用の赤い絹に、金糸で北斗七星の刺繍が施されている。

祭壇《さいだん》の前で、ひととおりの儀式を受け、決められた祝詞《のりと》を唱《とな》える。その後、護神獣としての契約を結ぶ。儀式が終わる瞬間、天帝廟の天井に飾られた北辰がきらめいた。ふたりの契約を天帝教が認めたのだ。

ふたりで天帝廟の外へ出る。そこには花で飾られた立派な神輿《みこし》が用意されていた。アンゲリーナとリュウホはそこへ座るように促される。

ふたりが神輿に座ると、ゆっくりと神輿が動き出した。神輿の飾りがシャラリと音を立てる。

晴れて護神獣として認められたリュウホをお披露目《ひろめ》すべく、帰りは神輿で北辰宮まで巡行《じゅんこう》するらしい。

喜びの歓声が沸き起こる。アンゲリーナとリュウホは照れくさくて顔を見合わせた。そしてお互いに照れ隠しをするように、額をこすり合わせる。

「まるで結婚式みたいー‼」

無邪気に燥《はしゃ》ぐ子どもの声。

その瞬間、周囲の空気がヒンヤリと凍り付いた。冷気の元にリュウホが視線を向ける。アンゲリーナもリュウホの視線の先を見る。

そこには平民に身をやつしたフェイロンが剣に手をかけて佇《たたず》んでいた。キリルも合流し、苦笑いしながらフェイロンの腕を押さえている。

本気の殺気を向けられて、リュウホは言葉を失った。

最大の敵、そこにありってか。

リュウホは思わず乾いた笑いが漏れてしまう。

「……とうたま、にいたま、おしごとさぼってついてきたの？」

過保護すぎるふたりに、アンゲリーナは恥ずかしさで思わず顔を覆った。

本書に対するご意見、ご感想をお寄せください。

あて先

〒162-8540 東京都新宿区東五軒町3-28
双葉社　Mノベルス f 編集部
「藍上イオタ先生」係／「漣ミサ先生」係
もしくは monster@futabasha.co.jp まで

ななしの皇女《おうじょ》と冷酷皇帝《れいこくこうてい》 虐《しいた》げられた幼女《ようじょ》、
今世《こんせ》では龍《りゅう》ともふもふに溺愛《できあい》されています

2021年8月11日 第1刷発行

著 者 藍上《あいうえ》イオタ

発行者 島野浩二

発行所 株式会社双葉社
〒162-8540 東京都新宿区東五軒町3番28号
［電話］03-5261-4818（営業） 03-5261-4851（編集）
http://www.futabasha.co.jp/（双葉社の書籍・コミック・ムックが買えます）

印刷・製本所 三晃印刷株式会社

［電話］03-5261-4822（製作部）
ISBN 978-4-575-24428-1 C0093

Mノベルス

発行・株式会社　双葉社

Mノベルス

長月おと
illust. 萩原凛

新たに出てきた聖女により、婚約破棄&冤罪でダンジョン攻略最前線から追放された元聖女ステラ。1年後、冒険者になった彼女は、先祖返りで青い竜に変化することができる亜人・リーンハルトを助けて、彼とコンビを組むようになったことで、楽しい日々を過ごしていた。一方、ステラがいなくなった後、あと少しで終わると思われていたダンジョン攻略は、なぜか1年が経過しても終わらないままで……。元聖女と秘密を抱えた青年が紡ぐ冒険ファンタジー、ここに開幕！

発行・株式会社　双葉社